¡BASTET HA DESAPARECIDO!

JUAN JOSÉ SÁNCHEZ MILLA

Juan José Sánchez Milla

¡Bastet ha desaparecido!

Imagen de portada obtenida de aire digital

Impresión y editorial: BoD – Books on Demand
info@bod.com.es - www. bod.com.es
Impreso en Alemania – Printed in Germany

ISBN: 978-8-4112-3100-8

A Carolina

Gracias por tu cariño y apoyo

Lo eres todo para mí

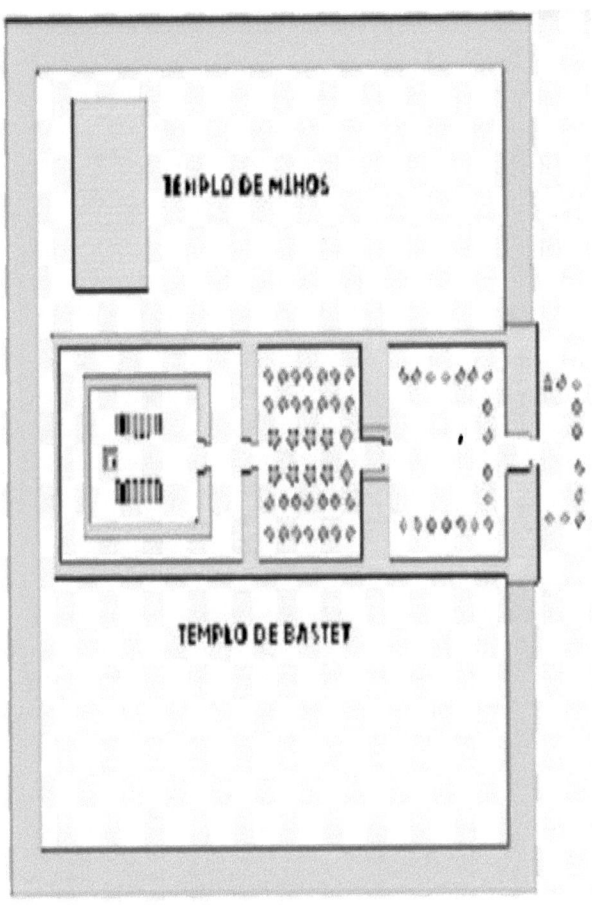

Templo de Bastet. Bubastis

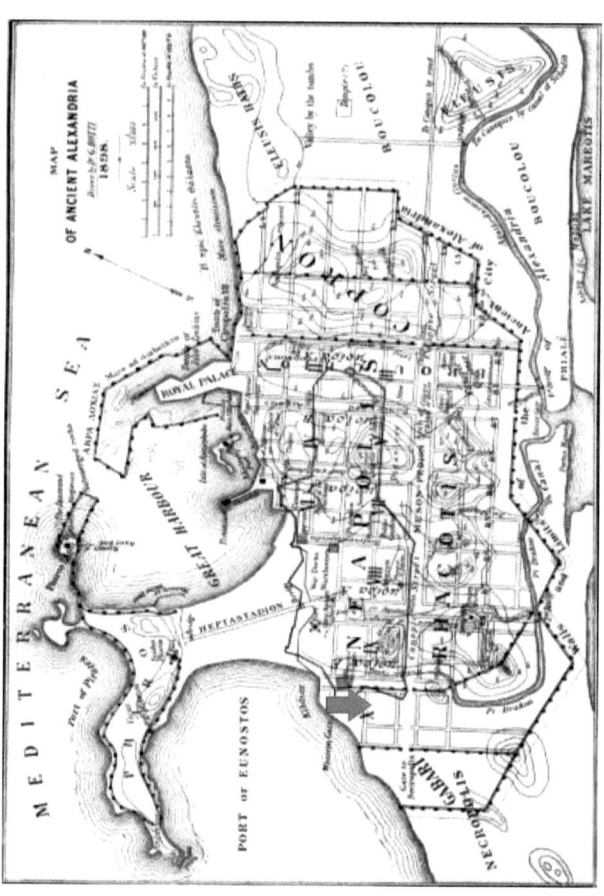

Plano de Alejandría. 1.798

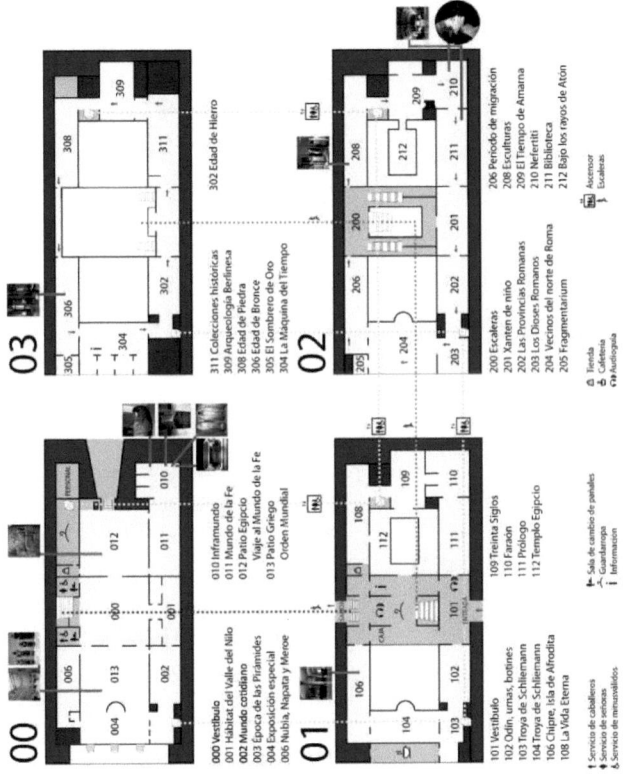

Neues Museum. Berlín

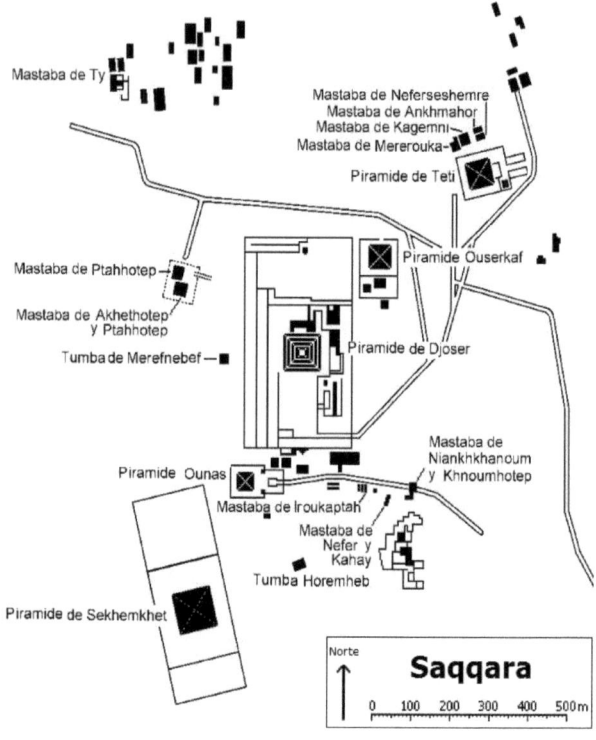

Complejo Funerario de Djoser

INTRODUCCIÓN

En algún lugar del delta del Nilo. Año 2.190 a. C.

El hombre miraba sentado a la puerta de su casa el crepuscular atardecer sobre el delta del gran río. El intenso amarillo que presidía los días mudaba en tonos tornasolados al caer la jornada. En unos minutos el dios Ra montado en su barca solar recorrería el inframundo y dejaría que la diosa Nut nos protegiera desde el cielo hasta que de nuevo, Ra volviese a aparecer sobre el horizonte.

Oía a su espalda las voces de los pescadores que recogían las barcas y ataban las mismas con sogas a las estacas clavadas en la ribera. También disfrutaba de las risas de las mujeres y los jóvenes que acarreaban los sacos de grano y los guardaban en el almacén. Junto a ellos, otros vecinos acarreaban pacas de paja que servían como forraje para el invierno y para reforzar las paredes de adobe. Un grupo de niños pequeños jugaba con gran alboroto junto al templo de la diosa. Al fondo veía acercarse a jóvenes que venían de lavar la ropa en un ribazo cercano.

Gracias al buen dios del río, la cosecha había sido ubérrima. La crecida propició que el cereal creciera alto y fuerte. El tiempo fue propicio y permitió una cosecha rica y abundante. Junto a él, su gato se arrimó y restregó su cabeza en su muslo. Poniéndole la mano encima para acariciarlo, sonrió distraído. Los gatos eran un regalo de los dioses para el pueblo. Cuando comenzaron a llegar al poblado, la gente se preocupó porque pudieran causar algún daño, pero el tiempo demostró que su venida había sido muy beneficiosa, limpiando la aldea de roedores y como fieros guardianes cuando ocasionalmente, los bandidos se acercaban al asentamiento.

Una noche cerrada, se levantó un fuerte viento de poniente. Una ascua mal apagada del fuego de una hoguera se meció en el aire hasta caer sobre el tejado de paja del establo, donde prendió con rapidez, extendiéndose a las demás casas a su alrededor. Los gatos del pueblo, todos a la vez, comenzaron a maullar como nunca lo habían hecho, y en las casas, despertaron a los lugareños que, extrañados por su comportamiento, se alzaron y al salir de sus moradas, vieron como el fuego comenzaba a extenderse. Rápidamente hicieron una cadena humana desde el río hasta la casa incendiada y, mediante cubos de agua, tras más de una hora intensa de combatir contra el fuego, pudieron dominarlo. Extenuados por el esfuerzo, fueron conscientes de que, de no haberles avisado los gatos, podía haberse producido un verdadero desastre.

Por ello, habían decidido en asamblea popular que fuera Bastet, la diosa gato, la diosa benefactora de la aldea, y a ella le rendían culto y profesaban cariño y respeto. Le habían construido un pequeño templo en el centro del poblado y allí, todos los amaneceres se le ofrecían tributos para que cuidara de las gentes del lugar, y nos diera buena pesa y abundantes cosechas para poder vivir.

Los hombres, agradecidos a la diosa y a sus representantes felinos por la buena suerte que traían al poblado, decidieron hacerle una estatua y así, reuniendo las monedas que tenían, se desplazaron a la capital del delta para encargar a un artesano una figura que representase, con majestuosidad, a la venerada. Llevaron consigo dibujos de como creían que tenía que ser la figura y así un buen día, montaron en una faluca* y navegaron por el río hacia la capital. Cuando volvieron, dos semanas más tarde, el jefe de la aldea mostraba signos de evidente satisfacción. Pensaba que el artesano había entendido las ideas de sus vecinos y había creado una talla espectacular.

La figura de la diosa, sentada en su trono, mostraba en sus rasgos una dignidad regia. Con su mirada al frente y el lomo estirado, se ofrecía majestuosa a la vista de sus devotos. El poblado había querido personalizarla poniéndole un arete de oro en la oreja derecha. En sus manos reposaban los símbolos mágicos, el ankh** y el sistro***.

---

* Embarcación fluvial a vela, habitual en poblados junto al río en Egipto
** La cruz egipcia. Representa la palabra ¨vida¨
*** Instrumento musical en forma de arco o herradura con platillos metálicos insertados en unas varillas

En una ceremonia solemne, se trasladaron en procesión hasta el humilde templo que habían construido tras el incendio. En el trayecto las jóvenes bailaban delante de la estatua que era portada por los dos hombres más ancianos del poblado sobre una tabla. Los demás habitantes del lugar los acompañaban detrás, tocando música, bailando y dando gracias a la diosa. Al llegar, los mayores pusieron la estatua sobre un pedestal que ocupaba el centro del templo, de cara a la puerta, y llenaron el suelo de ofrendas. Al salir, todo el poblado se arrodilló ante la puerta abierta del templo mientras miraban la estatuilla y continuaban con sus cánticos.

El jefe del poblado alzó la mano y las canciones cesaron. Se puso en pie y declaró bajo juramento que protegería a la diosa que su representación, siempre los acompañaría desde su morada. Todos los hombres del poblado fueron, uno a uno, poniéndose de pie y repitiendo el mismo juramento. Si no cumpliesen con el juramento, serían malditos a los ojos de la diosa, y nunca podrían disfrutar de una vida buena y digna. Cuando muriesen, no podrían pasar el juicio de Osiris*y su alma se perdería para siempre.

* El juicio de Osiris era una ceremonia importante para los muertos, en la que el dios Anubis llevaba al fallecido al juicio, y mágicamente le extraía el corazón que era pesado por el dios chacal en una balanza y contrapesado con la pluma de Maat (símbolo de la verdad y la justicia). Si el corazón pesaba menos que la pluma, la fuerza vital y anímica del muerto podían reunirse con su momia (cuerpo) y vivir eternamente en los campos de Araru (el paraíso). Si el corazón pesaba más que la pluma, este era arrojado a Ammyt, el devorador de muertos que acababa con él.

Unos años más tarde, una fuerte crecida del gran río arrasó con el poblado. Fue tan descomunal que muchos de los pobladores no pudieron evadirse de la subida del agua y perecieron ahogados. Las casas de arcilla y paja se desmoronaron como simples terrones de barro. Las cosechas se perdieron y las falucas quedaron en muy mal estado. El jefe de la aldea se desplazó a la capital para pedir al gobernante que enviase ayuda. Cuando la gente que mandó el gobernador del delta llegó al poblado el aspecto era desolador. Por donde quiera que se mirase, la muerte y la destrucción habían tomado posesión del lugar.

Con esfuerzo y llorando por la pérdida de sus seres queridos, los lugareños, ayudados por los refuerzos, consiguieron limpiar la zona rescatando cuerpos de los escombros. Los supervivientes temblaban, con los ojos abiertos mirando desencajados a su alrededor.

Cuando dos días más tarde, después de haberse vuelto a la capital las gentes que habían venido a ayudarles, pudieron realmente apreciar el daño que la crecida había ocasionado a la aldea, tras retirar las maderas y barro que ocupaba toda la zona. Al acercarse al lugar donde se ubicaba el templo, movieron los restos y miraron dentro de lo que quedaba de habitáculo. La peana se mantenía milagrosamente en pie, pero no encontraron en el recinto la estatua, ni siquiera fragmentos de esta. ¡Alguien había aprovechado la desorganización y el desorden para robar la figura de la diosa! .

Tenían que recuperarla por su juramento. Si no lo hacían, la diosa no les permitiría disfrutar de la vida terrenal y estarían condenados, además, por toda la eternidad.

CAPÍTULO UNO
Bilbao. En la actualidad

Ring, ring.... ring, ring......

El teléfono sobresaltó a Rebeca. Tan absorta estaba en su trabajo que no se había percatado de lo tarde que era. Miró a través de la ventana el parque y vio que ya había anochecido. Desde su despacho en el museo, la vista era espectacular. Por las mañanas, se alcanzaba a vislumbrar una amplia panorámica de recinto arbolado incluyendo el estanque principal y los senderos por donde los mayores daban sus paseos y los jóvenes aprovechaban el pulmón natural que el parque proporcionaba para hacer deporte.

A lo largo de los distintos recorridos que en su interior se habían diseñado, pequeños bancos de madera estaban estratégicamente instalados a la sombra de grandes tilos y álamos, invitando a los transeúntes a sentarse un rato a descansar y disfrutar del frescor que los árboles brindaban y a contemplar de una forma relajada el paisaje que les circundaba. Cuando llegaba la noche, un extenso manto de estrellas se colocaba, como si de una mágica capa se tratase, sobre él, dando un brillo de fantasía a las copas de los árboles y apoyando la suave iluminación que farolas de diseño clásico, daban a los senderos que penetraban por el mismo.

- *Departamento de Estudios Antiguos. Al habla Rebeca Sánchez* – Rebeca respondió.

- *Bonne nuit ma chère. Je suis le docteure Joséphine La Maison*. Le llamaba para confirmar nuestra participación en la próxima exposición.*

- *Muchas gracias. En principio desde El Cairo me han pedido que nos ceda la estatua del escriba sentado y la figura del hipopótamo.*

- *Oui mademoiselle**. Ambas son muestras muy representativas de la época.*

- *D´accord***. Si necesitan algo más, no dude en llamarme. Hasta pronto querida.*

- *Nos vemos doctora Ziegler. Gracias por su colaboración.*

Había sido un día muy ajetreado. Su postgrado en arqueología le había permitido enfrentarse al reto actual de participar en el mayor evento arqueológico del siglo. Durante todo la jornada había estado llamando y recibiendo llamadas de conservadores de los principales museos de Europa que tenían salas dedicadas a Egipto, y al mismo tiempo, se había mantenido en estrecho contacto con su amigo Samir, gracias a cuya mediación, el ministro de Antigüedades egipcio y antiguo conservador y director del Museo Arqueológico Nacional Mustafá Alssami, había autorizado a que un grupo de expertos europeos participaran en el evento.

---

*En el original: Buenas noches queridas. Soy la doctora Joséphine La Maison
**En el original: Si señorita
***En el original: De acuerdo

Sin duda, esta sería la mayor exposición dedicada al Antiguo Egipto y sus cinco primeras Dinastías, que se habría celebrado nunca. Quedaba algo más de 1 mes para su inauguración en El Cairo, y por sus especiales características y calado, se celebraría al mismo tiempo en el nuevo Museo Nacional de la Civilización Egipcia y en el viejo Gran Museo Egipcio.

Debido a estas circunstancias, había sido complicado lograr que admitieran arqueólogos europeos en el Comité de selección y evaluación de los tesoros que se iban a exponer, y que serían cedidos por los grandes museos europeos, además del propio fondo del antiguo Museo Egipcio, el cual tras más de 100 años existencia, se había quedado pequeño para albergar todas las obras que custodiaba.

Conoció a Samir durante la búsqueda de unos vasos canopes que unos desaprensivos habían robado del museo de Turín, y que había localizado en un poblado cerca de Medinet Habu. Entonces, él era un joven arqueólogo muy emprendedor y dispuesto, recién licenciado y ávido de trabajar sobre el terreno. Con su mediación, pudimos contactar con la policía egipcia, y nos desplazamos a la aldea, donde su ayuda fue inestimable por cuanto sabía granjearse la confianza de la gente con su franqueza y sinceridad. La policía capturó a los ladrones, y con posterioridad, mantuvimos un contacto estrecho, acudiendo a un par de eventos celebrados en Bilbao y Madrid. Discípulo del actual ministro, a Samir no le costó mucho convencerlo y aconsejarle que incluyera en el equipo técnico algunos expertos que podría aportar a la muestra obras que difícilmente se podrían reunir si no se dieran circunstancias como las actuales.

Satisfecha, colgó, cogió su bolso y se levantó dirigiéndose hacia la puerta. Pronto estaría en casa donde se relajaría jugando un poco con Indy y oyendo música.

Al llegar a casa vio que tenía un mensaje en el contestador. Era de su amigo Markel, que, en su condición de abogado, se había incorporado al equipo para encargarse de los contratos de cesión y gestión de seguros de las piezas que los museos iban a trasladar a El Cairo. En estos momentos se encontraba en Berlín, tramitando con el director del Departamento Egipcio, Dr. Helmut Schneider, el papeleo legal para la cesión y traslado del busto de Nefertiti que se exponía habitualmente en el Neues Museum.

- *Buenas noches Markel. ¿Qué tal por Berlín?*

- *Estaba impaciente esperando tu llamada. No te vas a creer lo que he visto.*

- *Tranquilo. Estás acelerado, y me estas poniendo nerviosa a mí. ¿Qué ha sucedido?*

- *Primero te pongo en antecedentes rápidamente de lo que me ha traído a Berlín. El Dr. Schneider y yo ya hemos firmado las coberturas de seguros y las condiciones de transporte del busto de Nefertiti. El museo está encantado de colaborar, pero, claro está, quieren asegurarse de que la pieza más importante de su colección se encuentra en buenas condiciones. Bien. Cuando terminamos el papeleo, el director quiso ofrecerme una visita guiada por la sala egipcia, y no te puedes imaginar lo que vi. ¿Te acuerdas de aquella inscripción del libro de los muertos que me leíste en una ocasión sobre la secta de los asesinos de Bastet?*

- *Sí. Hablaba de como la veneraban como la principal diosa del imperio antiguo y ofrecía una descripción de la estatua, probablemente la más completa que se haya podido leer.*

-     *Pues en la sala de las esculturas, a la derecha de donde se encuentra el busto de Nefertiti, entre otras figuras, que piensas que veo. ¡La figura que tú me describiste, tal cual como la mentaste! ¡Te juro que debe ser la original! La tarjeta identificativa dice que fue hallada en el delta del Nilo, cerca de la ciudad de Kafr el-Zaiyat, que es el nombre actual de la antigua Sais.*

-     *Bien, eso coincidiría con algunos escritos que se han encontrado que insinúan que la figura se perdió en el delta del Nilo, pero habrá muchas figuras parecidas. ¡No te emociones que la autentificación no es tu especialidad!*

-     *De acuerdo, pero convendrás conmigo en cuando la veas en que es prácticamente igual a la descripción que tu me leíste de ella. Te ha mandado un archivo con la fotografía.*

En su ordenador aparecía parpadeando el icono del buzón de entrada. Abrió el archivo al que Markel se refería y contemplo atónita la figura motivo de la conversación. Era tal y como estaba descrita en el libro de los muertos. Aunque habría que realizar nuevas pruebas de datación y examinarla concienzudamente, bien podría ser la estatua venerada por los adoradores de Bastet. Con la boca seca dijo:

- *Le has preguntado a Herr Schneider si podría dejarnos también esta pieza para incorporarla a la exposición.*

- *¡Por supuesto! Y ha respondido afirmativamente. Bastet estará en Egipto a tiempo de ser observada por todos los asistentes al evento.*

- *Buen trabajo Markel! Nos vemos a tu vuelta.*

Pensativa, se dirigía al despacho cuando notó un golpe en la pierna. A su lado, Indy se frotaba junto a ella y parecía empujarla hacía la cocina.

- *Tienes hambre eh, sinvergüenza. ¿Y que has hecho para merecerte la cena hoy?*

- *Miauu.*

La mirada que le puso Indy con las orejas enhiestas y el bigote floreciente detrás de una enorme sonrisa gatuna, la hizo reír y redirigir sus pasos a la cocina.

- *De acuerdo entonces. Primero una cena rápida, y luego me pondré a trabajar. ¡Andando!*

Sentada en su silla, buscó en el ordenador los archivos que correspondían a las transcripciones que había hecho del libro de los muertos. Aunque su utilización se inició a principios del imperio nuevo, se habían encontrado en los sortilegios antiguos, algunos provenientes incluso, de la III dinastía.

En uno de esos textos se hablaba de un poblado situado en el delta del Nilo, cuyos habitantes adoraban a la diosa Bastet creyendo que era la verdadera y única diosa del pueblo egipcio, y que su devoción confería a sus adeptos, una vida larga y llena de bienes. Su fanatismo se acrecentó hasta tal punto que un grupo de ellos creó la secta de los asesinos de Bastet. Ese pequeño núcleo tenía como único fin, la protección de los secretos de la diosa.

Se habían descrito en algunos fragmentos encontrados como se habían producido muertes en personajes influyentes de aquella época, incluso pertenecientes a familias reales, que habían puesto en duda la pureza del culto a la diosa, o de quién había intentado apoderarse de la estatua para disfrute de palacio. La hermandad asumía que la morada primigenia y última de Bastet era su pueblo y allí debía permanecer siempre.

Intrigada, volvió a coger la fotografía que había impreso y observó con la lupa los detalles de la figura. La foto, de alta resolución, permitía apreciar los detalles a los que Markel se refería. Era verdad que coincidía con las pocas descripciones que tenía, pero a falta de las pruebas de laboratorio, podía estar viendo la estatua original de Bastet, y eso sería un hallazgo impresionante para los expertos asistentes a la exposición. Tendría que buscar más información para confirmar el hallazgo.

CAPÍTULO DOS
Bubastis, Egipto. Año 860 a.C.

Anochecía en Bubastis cuando comenzaba los festejos en honor a la diosa gato. La ciudad aparecía iluminada con antorchas que desembocaban, desde las calles radiadas, a la plaza principal desde donde salía una amplia avenida que llevaba a la entrada del templo. Guardias uniformados cubrían el recorrido por donde la multitud se desplazaba, eufórica, bailando y cantando, ensalzando en alabanzas a su protectora, a la diosa Bastet. La misma luna se sumaba a la fiesta iluminando las caras extasiadas de los hombres y mujeres que se dirigían al recinto ferial.

El templo se erguía imponente en medio de la península en el que se encontraba construido, al final de la avenida, unido a la ciudad por esa vía. Orientada la puerta principal al este, recibía la salida del sol, viéndose iluminado a lo largo del día hasta la caída de la tarde. A ambos lados, sendos canales de agua de 30 metros de anchura lo bordeaban a derecha e izquierda. Las riberas, pobladas de árboles, daban una sensación acogedora, invitando a los paseantes a sentarse en el suelo y ver cimbrearse los juncos que crecían en la orilla.

Mandado construir por el Faraón Ororkon II con granito rojo de Asuán, el templo se veía desde toda la ciudad como cubierto por una aureola rojiza como si de un inmenso rubí se tratara. Las antorchas situadas estratégicamente en el perímetro mostraban brillos cambiantes dándole un aspecto sobrenatural. Sobre las torres de las esquinas, grandes fuegos alumbraban el entorno más cercano. Guardias uniformados se situaban a lo largo de las murallas. En el tejado de una de las casas próxima a la plaza, tres hombres cubiertos enteramente por ropajes oscuros miraban en silencio lo que sucedía a sus pies.

Ahmed, Hafid y Haidar pertenecían a los "asesinos de Bastet", secta que adoraba la forma agresiva y luchadora de la Diosa, y que no creía en las manifestaciones de júbilo que se desarrollaban cuando entendían a la Diosa como una diosa menor doméstica. Habían planificado la manera en la que entrarían en el templo, tras haberse reunido con el Sumo Sacerdote de la secta y haber estudiado los planos del templo.

Penetrarían en el edificio a través de las conducciones de aguas de la ciudad, por una esclusa situada al norte, por la que llegarían a una gran cisterna que llevaba, descendiendo un trecho, al sistema interno de descarga de aguas del templo. En un punto concreto y convenido de antemano, se encontrarían con Rayam, oficial de la guardia que protege al templo, miembro también de la secta. Aunque no lo conocían, un complicado saludo realizado con gestos de las manos los identificaba como hermanos de sangre. Sólo el Sumo Sacerdote conocía los nombres de todos los acólitos.

Descendieron del tejado, y por detrás de las casas, fueron bordeándolas para no ser vistos por la multitud que seguía celebrando la fiesta en honor a la Diosa bailando y cantando alegremente al ritmo que marcaban los címbalos y las uffatas*. Se dirigieron hasta el canal que rodeaba el recinto sagrado y, en el más absoluto silencio, llegaron a la orilla donde se desnudaron y metieron sus ropas en odres encerados. Se introdujeron en el agua y comenzaron a nadar en dirección a la orilla donde se encontraba el edificio. Una vez a cubierto, al pie del muro que circundaba el recinto, se volvieron a vestir y miraron el plano que les había dado el Sumo Sacerdote.

El templo estaba rodeado de un muro con una inmensa puerta de granito que protegía los tesoros del interior. Tras el vestíbulo principal se abría una sala hipóstila con las habituales columnas con capiteles en forma de hojas de papiro, y una sala dedicada al festival, donde hoy se celebrarían los ritos. A continuación de la sala, se levantaba majestuoso el templo dedicado a Bastet. En su interior, en el centro del recinto se podía apreciar una gran estatua de la diosa de pie, representada con figura humana y cabeza de gato, con el sistro en una mano y el ankh en la otra.

A izquierda y derecha del templo hay 3 pequeñas cámaras, con imágenes de distintas representaciones de la divinidad rodeadas de ofrendas. Su objetivo estaba en la cámara central del lado izquierdo. Buscando en la parte baja de la pared, encontraron una losa cuadrada de un medio metro cuadrado, que movieron con palancas. Cuando desplazaron la piedra, dejaron descubierta una oquedad.

* Uffata: Especie de flauta utilizada en el antiguo Egipto hecha a partir de una rama hueca o   una caña, con 5 o 6 agujeros frontales y un agujero para el pulgar.

Asomándose al borde, lanzaron una antorcha al fondo para poder calcular la distancia, ataron cuerdas que llevaban consigo y tras fijarlas a unas rocas del suelo, Ahmed, y Haidar se metieron en el agujero y descendieron por el mismo. Hafid se quedó fuera haciendo guardia con una mano en la daga que portaba, vigilando las sombras a su alrededor.

En el fondo del pozo, los dos sicarios se dirigieron a derecha e izquierda a través de una serie de túneles, guiándose por unas pequeñas marcas labradas en la pared a la altura de los ojos, y que sólo podrían ser vistas si se sabía dónde había que mirar. Al cabo de diez minutos, llegaron a una puerta de madera gruesa, rematada por tachones metálicos delante de la cual, se encontraba un hombre vistiendo el uniforme de oficial de la guardia del templo.

Rayam lucía imponente con el uniforme de gala dada la festividad que se estaba celebrando. Realizó unos extraños gestos con los dedos de las manos que fueron correspondidos inmediatamente por Ahmed. Con sus casi 2 metros de altura y 90 kilos, su presencia era tan intimidadora que no convenía desairarlo o que pudiera pensar que no deberían estar allí dentro. Una vez identificados, el oficial empujó la puerta y penetraron en un cubículo que conducía a unas escaleras que subían a la superficie. En lo alto de la escalera, otra puerta, que estaba entornada, abría al patio interior, detrás de la sala hipóstila, cuyas columnas se podían apreciar a través del resquicio.

En el patio donde se encontraban, una arboleda daba frescor y sombra en el entorno. En el centro, el templo de la diosa estaba custodiado por dos guardias, que formaban a ambos lados de la entrada del recinto. Mientras Rayam se dirigía hacia los guardias, haciendo ruido como si estuviera haciendo la ronda, Ahmed y Haidar, se desplazaron sigilosamente bordeando la pared interior. El tenue fulgor de la luna al tocar las copas de los árboles, hacían que estos proyectasen grandes sombras por las cuales se desplazan los asesinos sin que el ojo normal pudiera verlos.

Al llegar a la pared del templo, sacaron de las mangas de la túnica unos alambres y se fueron moviendo hasta situarse detrás de los soldados. Rayam los entretenía comentándoles que los festejos eran los mejores que se habían visto en años, y que podría disfrutar de ellos al terminar su servicio. A un gesto de su cómplice, cada uno de los sicarios se colocó tras un centinela y rodeando su cuello con el alambre, lo tensó y prácticamente decapitaron a sus víctimas por la fuerza que hicieron. Estas, sin poderse mover ni respirar, murieron sin hacer ningún ruido.

Cogieron los cadáveres y los ocultaron entre los árboles. Luego, mientas Rayam se quedaba en la entrada, los dos asesinos penetraron en el templo. Una vez dentro, encendieron unos pequeños cabos de sebo y observaron a su alrededor buscando alguna trampa. En el centro de la estancia, la estatua de la diosa parecía mirarlos fijamente, como si supiera cuales eran sus intenciones. Con un escalofrío y agitando la cabeza bruscamente para quitar de ella esos pensamientos, se dirigieron hacia la cámara central del lado izquierdo.

Entrando en ella, buscaron la pared izquierda y fueron al fondo de la habitación, agachándose para observar detenidamente las piedras que conformaban la parte inferior esquinera. Haidar apoyó las manos sobre la piedra del lado norte y palpó delicadamente la superficie del granito. Súbitamente levantó una mano para llamar la atención de su compañero y le señaló una parte de la piedra en la que, acariciando esta, se apreciaba un pequeño bajorrelieve. Acercando la cara a esa zona, arrimó el sebo y miró las marcas que había palpado.

¡La habían encontrado! La marca de la secta, grabada a escondidas por un miembro de la misma que había trabajado en la construcción era la referencia que transmitida de generación en generación, permitía encontrar escondites o ubicaciones de las capillas de los adeptos.

Apoyando un pulgar en cada uno de los símbolos, apretó fuertemente. Al momento, oyó un chasquido y una losa en la esquina derecha mostró una oquedad ocupada por un bulto envuelto en fina tela de algodón. Con reverencia, la cogió y destapó mostrando una figura de unos 25 cm. de la diosa sentada sobre un pequeño trono con cuerpo entero en su forma de gato, esculpida con piedra negra que relucía a la luz de las velas. En su oreja derecha tenía un arete de oro. En cada mano portaba cada uno de los símbolos que la identificaban. En su mano derecha sostenía la llave de la vida, el ankh, y en la izquierda levantaba un sistro como si estuviera mostrándolo a sus adoradores. En la base de la figura, en su parte frontal, lucía el cartucho que identificaba la imagen

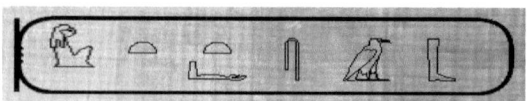

La belleza de la figura le dejo sin palabras. Mostrándosela a su compañero para que pudiera apreciarla, la envolvió delicadamente de nuevo y la introdujo en un zurrón. Dejaron la cripta como estaba empujando las piedras para que volvieran a su sitio y se desplazaron sigilosamente hacía la salida, donde se reunieron con Rayam. Decidieron esconder los cuerpos de los guardias en las canalizaciones subterráneas para que los sacerdotes pensaran que habían abandonado la guardia y así, sumarse a los festejos.

Cuando terminaron de esconder los cadáveres, el oficial los acompañó hasta la entrada del pozo. Una vez allí, treparon por la cuerda y salieron. Mirando a su alrededor, vieron a Hafid agazapado detrás de un grupo de palmeras. Le llamaron por señas y volvieron a tapar el agujero disimulando sus bordes con la arena hasta que no se diferenció del entorno.

La luna lucía entre jirones de nubes y les permitía ver por donde se movían. Si se daban prisa, llegarían a su pueblo antes del amanecer y la diosa descansaría en su capilla, donde permanecería para deleite y veneración de sus fieles seguidores.

CAPÍTULO TRES
Harlow (Inglaterra). En la acualidad

Contempló absorto su reflejo en el cristal de la ventana. Se había quedado quieto recordando lo sucedido en el último trabajo. Debía tener cuidado para que no se repitiesen esos pequeños detalles que pudieron terminar en un desastre. El ruido que provocaba la vibración del móvil le había sacado de su ensoñación. Ese día, había decidido quedarse en casa y relajarse leyendo un buen libro. Junto a su butaca en la mesilla auxiliar humeaba un Smoky Earl Grey. A su lado un ejemplar de "Historia de dos ciudades" se encontraba abierto por la mitad. Cogió el móvil y miró la pantalla
   - Te van a llamar a las 21.00 horas. Cógelo. Es importante

No era normal que su proveedor de servicios le conminara tan perentoriamente. Muy pocas personas disponían de su número, y que él se lo facilitase a un tercero bordeaba el límite de las reglas que había establecido para los contactos profesionales. En la localidad donde residía, pasaba por un adinerado terrateniente, algo excéntrico e introvertido, poco dado a establecer relaciones con los vecinos, pero de trato educado.

Físicamente, no destacaba en su entorno. Ligeramente más alto que la media de la población y de complexión delgada, su vestir anodino y poso llamativo hacía que pasase desapercibido fácilmente y no dejara recuerdos claros sobre su aspecto. No acudía a los servicios dominicales ni a la taberna del pueblo. Esta tapadera le había costado mucho dinero y algunos contactos en la red profunda, pero aguantaría perfectamente una revisión en profundidad si alguien quería investigarlo. Su verdadero nombre estaba al alcance de muy pocas personas. Quienes lo habían conocido por su peculiar trabajo, ya no lo podían contar. Estaba intrigado por saber quién le llamaría, pero dado que en pocas horas lo sabría, decidió no preocuparse. Cogió su taza de té y dio un pequeño sorbo.

La noche se había adueñado de la hacienda. Una luna llena ocupaba un gran espacio en el cielo y daba luz en el patio central. Las paredes ligeramente alumbradas por las antorchas encendidas ofrecían en contraste, grandes zonas de penumbra en los laterales de los edificios colindantes.

Ubicada en las afueras de Qasr al-Aguz, había sido bautizada por su propietario como "La residencia de la anciana" haciendo referencia al templo de la localidad llamado el templo de la vieja dama. Había sido como una replica de las viviendas de los personajes pudientes del antiguo Egipto.

Tras una alta pared de adobe que circundaba toda la finca, se encontraba la vivienda principal, con su terraza cubierta abierta a la puerta principal, de hierro forjado. En uno de los lados de esta, habían fabricado una caseta para el guarda. Un sendero empedrado llevaba a las escaleras de acceso a la casa principal. A ambos lados, un jardín de un verde espectacular, sembrado de palmeras y sicomoros, ofrecía un claro contraste con el paisaje desértico que rodeaba la casa.

El interior de la vivienda, de planta única constaba de un amplio vestíbulo desde el que se accedía a la izquierda al comedor, y a la derecha al despacho y biblioteca del propietario. Una puerta al fondo a la izquierda daba acceso a la cocina. Junto a una hornacina situada a la derecha en cuyo interior destacaba un busto de Cleopatra, se abría un pasillo que conducía al dormitorio principal y a dos dormitorios para invitados. Pequeños detalles y adornos en el conjunto de la vivienda, mostraba la predilección del dueño por el arte egipcio y lo que en la antigüedad representó.

Amar Ben al-Saadi, el propietario, era un hombre hecho a sí mismo. De constitución robusta, su más de metro noventa y su cerca de cien kilos le daban un aspecto imponente. Era considerado en Egipto como un rico empresario y un mecenas que gustaba de ayudar a devolver al país el esplendor que ataño tuvo. Patrocinador habitual en expediciones que permitiesen descubrir secretos del imperio faraónico y con grandes contactos en el mundo empresarial, artístico y político. La otra faceta, no tan conocida de al-Saadi, era bastante más perturbadora.

Obsesionado por tener en su poder los símbolos más representativos de la época de los faraones, no dudaba en cometer cualquier tipo de delito que le permitiera obtener lo que quería. Había chantajeado, robado, e incluso ordenado matar, con tal de conseguir sus objetivos.

Su posición social le permitía acceder a información de todo tipo, incluida la concerniente a sistemas de seguridad, accesos a museos y edificios oficiales, etc. Esa información podía ser posteriormente utilizada para sus oscuros planes.

Le había costado mucho esfuerzo en tiempo y dinero, localizar al representante del hombre gris. Conocido en el submundo como una leyenda, su contratación suponía, prácticamente, el éxito en la empresa que se emprendiera. Un reloj en la casa sonó diez veces. Descolgó el teléfono y marco el número que tanto le había costado conseguir.

El móvil vibró sacando de su ensimismamiento al hombre gris. Miró la pantalla un momento y pulsó el icono verde.

- *¿Hablo con el hombre gris?* La voz le pareció fuerte y acostumbrada a mandar y obtener lo que quería.

- *¿Cuál es su nombre?* Preguntó a su vez.

- *Me llamo Amar Ben al-Saadi. Su representante debe haberle informado de mi llamada.*

- *¿Qué quiere?*

- *Quiero contratarlo. Me han dicho que sólo usted puede conseguir lo que quiero y lo necesito ya.*

- *Repito. ¿Qué quiere?*

- *Hay una estatuilla en el Neues museum de Berlín en la que estoy interesado. Sé de buena fuente que va a ser próximamente trasladada a El Cairo, y por eso, es urgente que el trabajo se realice en Alemania. Las opciones de conseguirlas en Egipto luego serán peores.*

Si acepta el encargo, su representante le hará llegar un dossier con fotografías e información sobre la figura. Debe conseguirla y hacérmela llegar como mucho en diez días. El pago se realizará tal y como su agente me ha indicado, la mitad cuando acepte el trabajo, y la otra mitad a la entrega de la estatua.

Dado la premura de tiempo, le he señalado a su asociado que la prima será el doble de lo que cobra habitualmente. Por otra parte, si decide aceptar, le aclaro que no estoy acostumbrado a que se me defraude o no se cumplan los compromisos que se adquieren conmigo.

- *¿Me está amenazando?* El hombre gris interrumpió crispado la diatriba del egipcio.

- *No. Sólo le digo que no me gusta que se me disguste ni se me engañe.*

- *Muy bien. Tres cosas. La primera, es usted quien me ha buscado, y ya le adelanto que esa búsqueda tiene consecuencias. Si en cualquier momento algún dato mío sale a la luz, sabré que habrá sido por usted, y yo si le aseguro que no volverá a tener la oportunidad de hablar de mí nunca más.*

Segundo. Acepto su encargo, pero no me han gustado sus formas. Le va a costar no dos, sino tres veces mi tarifa habitual. Si no está conforme, me parece bien. No vuelva a llamar ni contacte con mi representante.

Tercera. Tengo claro el plazo de diez días. Dígale a mi socio dónde quiere recibir la estatuilla y tenga a mano el dinero para el segundo plazo del pago. No volveremos a hablar más.

Colgó y miró pensativo el teléfono intrigado y expectante a la vez por el nuevo trabajo. En vista de lo que pasó en el último, tendría que ir pensando en retirarse y este encargo bien podría ser el colofón de su carrera criminal.

Sabiendo que a la mañana siguiente recibiría la información ofrecida, continuó leyendo el libro y dejó de pensar en la llamada.

CAPÍTULO CUATRO
Alejandría. Año 1.798 d.C.

La orden de Napoleón a sus generales era clara y no admitía réplica alguna. Tomar Egipto y Siria para controlar el camino a la India y así, bloquear al Imperio Británico.

La flota del Almirante Brueys se encontraba frente al puerto de Abukir. El emperador ordenó al general Kléber la toma de la ciudad, y que posteriormente ocupase el Delta del Nilo desplazándose al sureste y eliminando todos los focos de resistencia que encontrara en las distintas poblaciones que se interpusieran en su camino. El grueso del ejército, casi 38.000 hombres comandado por él mismo, se dirigiría, por tierra hacia su objetivo principal, la capital El Cairo.

Kléber ordenó un intenso bombardeo desde las baterías de la flota. Mientras que el grueso de sus tropas se dirigía al Este para tomar posiciones frente a la puerta canopea, entrada principal de la ciudad, un pequeño batallón de reconocimiento se desplegaba en las inmediaciones del puerto, ocupando dársenas y posicionándose detrás de muros y las mercancías apiladas, esperando la señal para introducirse en el interior. Los defensores, en su mayor parte mamelucos enviados por el Pachá para proteger la invasión desde el mar, eran reconocidos como fieros y avezados guerreros, pero su armamento, lanzas, arcos y flechas y su puñal característico, además de buenos jinetes. En esta ocasión, no tendrían oportunidad de mostrar sus habilidades como caballería al tener que defender sus posiciones en puestos fijos. Preocupados por el despliegue militar que veían ante sus ojos se prepararon para el inevitable confrontamiento.

Uno de los oficiales estaba preocupado por otro motivo. Bakain Farouk sabía cuál sería el resultado final de la batalla y tenía que moverse rápido si quería conseguir su objetivo. Le dijo al capitán del sector que cubría que debía inspeccionar los otros sectores a su cargo y tras descender de la muralla, se encaminó hacia el Oeste. El regimiento francés situó dos baterías de cañones en sendas colinas frente a la muralla Este, mientras desplegaba su infantería para el posterior ataque. A una señal del coronel de artillería, los cañones comenzaron a disparar contra la puerta y las murallas

Alejandría estaba destruida. El intenso cañoneo al que la flota francesa, por un lado, y las baterías terrestres por el otro la habían sometido, mostraba por doquier ruina y destrucción. Muchos minaretes y cúpulas de palacios se habían derrumbado dejando solamente escombros y cuerpos mutilados debajo de estos.

El batallón de reconocimiento de Kléber, al oír el cañoneo procedente del Este, comenzó su avance hacia el interior de la ciudad. Tras vencer la intensa pero escasa resistencia que la guarnición tenía en el palacio junto al puerto penetró en la villa, combatiendo casa por casa. Kléber había repasado los planos de la ciudadela.

Construida en época de Alejandro sobre las ruinas de un poblado llamado Rakotis, pidió a su arquitecto Dinócrates que erigiese una ciudad que llevaría su nombre. El arquitecto utilizó un plan hipodámico para el diseño de la ciudad, el cual preveía la construcción de una vía principal en dirección Este - Oeste de 6 kilómetros de largo con una gran plaza central y dos puertas, cada una a un extremo de la ciudadela. las calles, perfectamente conformadas en cuadrícula quedaban divididas por distritos.

Esa distribución geométrica le permitió ordenar a sus pelotones de fusileros para ir penetrando distrito a distrito eliminando la resistencia que las fuerzas egipcias y otomanas pudieran plantear. Su objetivo inicial era ganar la avenida principal y desde ahí, atacar por retaguardia a los defensores de la puerta canopea. Una compañía se dirigiría hacia la puerta de la luna para cerrar la trampa e impedir que la guarnición pudiera huir. Sólo tendrían una opción: Rendirse o morir.

Bakain Farouk observaba los distintos focos de lucha que se producían en las calles, mientras se dirigía en dirección Oeste. Restos de tropas egipcias aún se mantenían luchando en pequeñas bolsas que iban siendo estratégicamente rodeadas y diezmadas por los invasores. La puerta canopea apenas había resistido el intenso cañoneo y la infantería francesa ya había penetrado a través de ella en la ciudad, abriéndose en abanico al Norte y Sur comenzado la lucha en los distritos.

Como combatiente veterano, veía en efecto, tal y como presupuso al ver el despliegue de las tropas enemigas, toda resistencia sería al final inútil. Sin embargo, todavía le quedaba una cosa que hacer. Farouk era también, aunque sólo sus hermanos lo sabían, un asesino de Bastet. No hacía mucho que habían descubierto una posible ubicación de su venerada estatua en el distrito judío, muy cerca de la salida Oeste de la ciudad. la figura sagrada desapareció de su aldea después de una crecida inusual del Nilo, que arrasó con la misma.

La fuerza de sus aguas fue ese año tal, que engullo las débiles paredes de adobe que conformaban las casas del poblado, así como los diques de contención realizados por los campesinos pensando en una crecida normal y no en lo que ese año se les vino encima. A consecuencia de la destrucción de las casas, también se perdió el acceso a la cripta y cuanto en ella había.

Muchos hermanos murieron intentando rescatar los tesoros de la Hermandad, siendo sus cuerpos encontrados días después. Cuando se puedo acceder a donde había estado la sala ceremonial, no quedaba rastro de las reliquias que los creyentes habían podido reunir a lo largo de los siglos. La misma estatua de la diosa había desaparecido de nuevo. Los hermanos supervivientes se juramentaron para volverla a encontrar y se desparramaron a través de las arenas del desierto buscando alguna pequeña pista, por nimia que fuera, que pudiera acercarles de nuevo a ella.

Durante muchos siglos, los asesinos de Bastet robaron, secuestraron, torturaron y mataron buscando información que les condujese de nuevo hacia la estatuilla. Hacía poco más de un mes que un informante le había comentado haber oído una conversación en la dársena del puerto de Alejandría que Sebak Gabal, rico comerciante de la ciudad presumía de haber comprado a muy buen precio una estatua de la diosa Bastet de obsidiana sentada en un trono, con los atributos en las manos, y que esa diosa tenía la peculiaridad de llevar un arete de oro en la oreja derecha.

Farouk decidió que no debía desaprovechar la oportunidad que la confusión del ataque francés había provocado. Se desplazó a la casa del comerciante, cuya dirección le había dado el informante. Callejeó por calles evitando ser visto y tener que luchar, aunque para lograr su objetivo, en dos ocasiones se enfrentó a soldados franceses matándolos con su alfanje. Al llegar a la casa, observó que la puerta principal se encontraba abierta, y con impactos de proyectiles.

En el interior, el patio se veía revuelto y desorganizado. Habían tirado por el suelo grandes sillones y volcados macetones con plantas ornamentales. En una esquina, dos cuerpos, un francés y un egipcio se habían acuchillado en una lucha en la que no hubo ganador. Desenvainó su sable y, subiendo las escaleras de dos en dos, se desplazó por la galería superior hasta donde sabía que se encontraba el dormitorio principal de la casa. Penetró en el mismo y vio, nada más entrar a Gabal muerto con una pistola en la mano. Varios disparos habían terminado con su vida. Pero no había muerto solo. Tres soldados franceses estaban sobe la alfombra, con heridas provocadas por el arma del comerciante.

Su informante le había dicho que Gabal guardaba sus adquisiciones en una falsa cámara que se encontraba detrás de un tapiz que recordaba la biblioteca de Alejandría. Se acercó a la pared, desplazó la tela y fijándose detenidamente en la pared, apreció una ligera ranura, no más grande que un cabello grueso, que dividía la pared de arriba abajo. También observó que un poco apartado del centro de la falsa puerta, se encontraban dos pequeñas depresiones prácticamente inapreciables. Las pulsó al mismo tiempo con los dedos índice y corazón, sonando un chasquido que indicaba la apertura de un mecanismo de cierre.

Una de las jambas de la puerta osciló y Farouk metió la mano para terminar de abrirla. La cámara era impresionante. Había una colección casi monográfica de pinturas, telas, tapices, esculturas de mediano tamaño y multitud de figurillas pertenecientes al antiguo Egipto.

A las distintas representaciones de los dioses antiguos, en su forma humana con cabeza de animal - Horus, Set, Anubis, Apis, etc.- le acompañaba vasos canopos, utsabis, cuencos, cajas, jarras, joyas variadas, esculturas de la barca del dios Ra, e incluso instrumentos musicales para acompañarle en la otra vida y hacérsela más placentera. Mirando a su alrededor, pudo ver en una hornacina situada sobre un pequeño altar lleno de ofrendas, lo que estaba buscando. Su corazón se aceleró y se acercó a observar bien la figura.

¡La habían encontrado de nuevo! La diosa era tan bella como le había transmitido su abuelo, y a él, el suyo y así, de generación en generación. No creía equivocarse. La cogió con un temor casi reverencial y la enrolló con un fino paño que encontró encima de una urna. La introdujo en una bolsa que llevaba consigo y salió de la casa sigilosamente comprobando ansiosamente que no le viera nadie.

Se acercó a la puerta de la Luna. Cerca de la muralla, conocía una cuadra que estaba junto a un puesto de guardia, y cogió el mejor caballo que encontró. Se dirigió a la puerta, y les dijo a los guardias que había sido comisionado para ir a buscar refuerzos, y que tenían que resistir los embates de los infieles cristianos. Una vez fuera de la ciudad, cabalgó sin descanso observando donde se apreciaban señales de lucha para eludirlas y tomo dirección sureste buscando el nuevo pueblo que habían reconstruido y donde pronto descansaría la diosa.

CAPÍTULO CINCO
Berlín. En la actualidad

Era un día de otoño clásico en Berlín. Al atardecer, la nubosidad se había apoderado rápidamente de las márgenes del río Spree y rodeaba, con un halo fantasmagórico, las luces de las farolas situadas periódicamente a ambos lados del río que atraviesa el centro de la ciudad. La visibilidad era limitada y se apreciaban con dificultad los contornos de los edificios. La isla de los museos se veía, a través de una bruma que le confería el aspecto de los castillos que se describen en los libros de hadas.

Sentado en un banco, a la derecha en la pequeña plaza ajardinada que se encontraba frente a la entrada de los museos, mientras simulaba leer un libro, ojeaba en su interior las notas que había tomado al entrar por la mañana en el museo para observar las medidas de seguridad y la distribución general del interior.

-*Como me vigila* –pensó que era irónico que a su espalda se encontrara una estatua de una leona que algunos, habrían considerado como una premonición o augurio favorable sobre mis intenciones, que no eran otras que retornar la figura a su hogar. – *Parece que supiese que esta noche voy a*

41

encontrarme con su predecesora. - Reconsiderándolo, no era propiamente su hogar, pero el cliente la quería y los contratos deben cumplirse. También tendría que considerar si hubiera que castigar la osadía de su contratante de alguna manera que le hiciese aprender que hay personas a las que no se debe incomodar.

Estaba haciendo la maleta decidiendo que iba a llevar. Indy, tumbado junto a esta, jugaba perezosamente metiendo la pata y revolviendo la ropa como queriendo sacarla.

- *¡Estate quieto!* - Rebeca se giró con una blusa en la mano – *Ya sabes que hay dificultades para poder llevar animales a Egipto. Samir está haciendo gestiones para que puedas venir.*

- *Miauu.* Como si no fuera con él la cosa, con un ligero impulso, empujó un neceser sobre la cama.

- *¡Vale, vale! Insistiré a Markel para poderte llevar. ¡Eres insufrible!*

Lo cierto era que había conseguido al final incorporar a algunos chicos de la pandilla en la exposición. A Markel como asesor legal se le uniría Giuseppe que, como analista informático, había sido comisionado por el museo de Bilbao, para organizar la infografía y las presentaciones que sobre las diferentes secciones de la exposición se realizarían en los dos museos. Él sería el encargado de preparar la base informática con todas las aportaciones y unificar las recibidas de cada museo. María sería trasladada por su periódico a El Cairo para cubrir un primer reportaje sobre la inauguración de la exposición. A ese primer artículo, le seguiría una serie sobre diferentes aspectos que se hayan podido mostrar al público y contaría, además, con el apoyo fotográfico de Giuseppe. Lo de Rocío fue más claro. Al no tener relación con el evento, decidió que, como tenía días libres pendientes, iría como turista a El Cairo. Allí, intentaría incluirla como auxiliar voluntaria y podría colaborar con Giusseppe.

Indy la miró ladeando la cabeza. Parecía que una sonrisa asomaba bajo sus bigotes. Se desperezo tranquilamente y con un ágil salto, bajo al suelo y salió de la habitación con el rabo erguido.

- Presumida – Rebeca no pudo contener una carcajada al ver lo ufano que se iba. Volvió a la cama donde arregló el desaguisado que le había organizado y compañero de fatigas y continúo con el equipaje.

Ya era noche cerrada. No le había costado gran cosa esconderse durante la visita que hizo por la tarde en el museo y esperar a que los guardias comunicasen a los visitantes que se dirigieran a la salida y preparasen el cierre de la instalación.

Dentro del cuarto de utensilios de limpieza, de la primera planta donde pensaba esconderse, había podido abrir una trampilla situada en el techo por donde se ventilaba el cuarto. Aunque el habitáculo era pequeño, se acomodó como buenamente pudo y se dispuso a esperar pacientemente. Llevaba un buen rato sin oír ningún tipo de ruidos. Tras las voces y pasos que se oyeron al cierre del museo, los vigilantes hicieron su primera ronda. Su reloj marcaba las nueve y media. La información que le había hecho llegar su socio decía que, a esa hora, se reunían en la zona de descanso para tomar un tentempié y un café. Eso le daría un máximo de 15 ó 20 minutos para hacer lo que tenía previsto. Descendió por la trampilla y abrió la puerta del armario. Al salir, se acordó de dejarla cerrada. Se dirigió al centro de la sala para después subir hasta la planta donde se encontraba su objetivo.

Una vez arriba, giró a la derecha y se paró a la entrada de la sala 208. Sacando un aerosol, pulverizó el interior de la sala viendo como se dibujaban en el aire como brillantes hilos magenta, los rayos infrarrojos dispuestos en el interior. Esta sala no tenía detectores de presión en el suelo lo que hacía más fácil su trabajo. La sala donde se encontraba ubicado el busto de Nefertiti si hubiera entrañado más riesgo. Con cuidado, fue pisando y desplazándose, como si estuviera ejecutando una extraña danzo, sorteando los hilos por arriba y por debajo, hasta llegar al pedestal que buscaba. Sobre él, una estatuilla de la diosa Bastet lo miraba fijamente tras la cubierta de cristal.

Sacó de un bolsillo de su buzo un cortador de diamante y apoyó la ventosa sobre el vidrio. Giró el compás y con la otra mano retiró la ventosa, depositándola en el suelo. Metiendo la mano en el hueco, cogió la figura y la envolvió dentro de un paño en la mochila que llevaba a su espalda.

Al salir de la sala, se dirigió al tercer piso por las escaleras y al llegar arriba miró su reloj. Eran las 09.45. Tenía menos de cinco minutos para salir del museo, y así evitar posibles complicaciones. En el ala derecha, al fondo, habían dejado los trabajadores unas cajas, que utilizaban habitualmente para embalar piezas que tuvieran que ser trasladadas. Subiendo a una de estas, comenzó a abrir un tragaluz, parte del conjunto de ellos que proporcionaban luz natural a las exposiciones.

Una vez en el tejado, volvió a cerrar el tragaluz. De acuerdo con el plano de la isla de los museos que había memorizado, se dirigió al noroeste para llegar a una zona de andamiajes que limitaban con el museo Bode, donde ya había comprobado que tenía muy poca vigilancia nocturna. Cuando llegó a las obras, descendió por los andamios metálicos y tras ocultarse en las sombras de los contenedores de la obra, salió, encaminándose hacía la parte de atrás de la catedral donde había dejado escondido en un matorral su gabardina y sombrero.

Cuando apareció por la esquina de la monumental catedral, dirigiéndose por la avenida Unter den Linden hacia la puerta de Brandemburgo, nadie sospecharía de un paseante nocturno por el centro de la ciudad.

Al-Saadi se encontraba en su cámara secreta. Un mecanismo disimulado en la hornacina abría un acceso a un despacho que era su sancta sanctórum.

En el, todo mostraba el esplendor que antaño presidió el Egipto de los faraones. En huecos de las paredes y en pedestales se podían apreciar auténticos tesoros que había ido consiguiendo –la mayor de las veces de forma ilícita- a lo largo de su vida.

Un butacón con una mesa auxiliar donde descansaba un escarabajo de lapislázuli y un libro sobre Ramsés III, señalaba donde se solía sentar para disfrutar de sus adquisiciones. Destacaba en la pared de enfrente, en un nicho preparado al efecto, el hueco que pronto llenaría con la estatuilla que le había encargado al hombre gris. Bastet completaría una colección por la que muchos arqueológicos darían la vida para contemplarla, y sin embargo, era sólo para su deleite.

Su teléfono vibró. En la pantalla destacaba un breve mensaje: *Está hecho*. Satisfecho, se sentó en el butacón y abrió el libro por la página del marcador. Pronto tendría que realizar una llamada.

CAPÍTULO SEIS
El Cairo. Año 1.942

El ambiente estaba cargado de tensión. Aunque Egipto se había declarado neutral en el gran conflicto mundial, tenía un pasado de buena relación con los alemanes, aunque precisamente ahora, eran los ingleses los que ocupaban la ciudad. Desde que en febrero las tropas inglesas rodearon el palacio de Abdeen, para obligar al rey Farouk I a que abdicara en favor de Mustafá El-Nahas que era probritánico, la tensión se notaba en el ambiente. Habían generales nacionalistas como Nasser, que eran abiertamente defensor de los alemanes y aún obedeciendo a su presidente, mantenían comportamientos sino hostiles, si despectivos con respecto a la oficialidad inglesa que permanecía en la ciudad.

Bomani Youssef era comandante del ejército egipcio, y también un asesino de Bastet. También colaboraba con la Abwehr, el Servicio de Inteligencia alemán. Su posición en la cadena de mando egipcia le permitía codearse con la oficialidad europea, con la que se reunía periódicamente en el hotel Shepheard´s*.

* Hotel famoso de El Cairo, centro de reuniones de la clase alta y política egipcia. Habitual como foco de reuniones de espías en la II Guerra Mundial

El hotel era un lugar habitual de mentideros de la clase alta europea donde celebraban todo tipo de eventos. Allí podías encontrarte fácilmente con representantes de los distintos cuerpos consulares, empresarios y prósperos comerciantes, así como exóticas mujeres de desconocida procedencia que recalaban en el hotel, no se sabe con que propósito. Era el lugar perfecto para recabar información. No hacía mucho Youssef había recibido un soplo que le interesaba personalmente.

Un comerciante del bazar Jan El Jalili* había vendido al museo egipcio una pequeña estatua del período antiguo de la diosa gato. El interés por la talla le venía porque la descripción que de ella le habían hecho, coincidía con los atributos que su venerada diosa. Al igual que el sumo sacerdote se la había descrito, la figura del bazar también tenía la llave de la vida y el instrumento musical, además de un fino arete de oro en la oreja derecha.

Sabía por las conversaciones que oía en los distintos corrillos que frecuentaba en los cafés y en el propio hotel, que la derrota que los alemanes habían infringido a los aliados en Gazala** había puesto muy nerviosos a estos y estaban preparando una posible huida de la capital. Esa derrota había propiciado que jóvenes oficiales nacionalistas, pidieran a su presidente apoyar a los alemanes y expulsar así a los ingleses de Egipto, incluso se veían en algunos lugares, banderas alemanas en los balcones. Tenía que actuar pronto.

* Bazar antiguo de la ciudad de El Cairo
** Batalla entre el Áfrika Korps y el VIII Ejercito británico el 06 de abril de 1.942

El momento llegó cuatro días más tarde. Su coronel le había ordenado que se desplazase hacía el norte para inspeccionar las defensas que protegían el acceso a la capital. Él, por su cuenta, y sabiendo que llegaría el momento adecuado, había encargado una réplica de la figurilla a un conocido del gran Bazar. Su plan era sencillo. Salir del hotel cuando la gente estuviera entretenida y no notase su ausencia, entrar en el museo y cambiar la pieza.

Cuando el reloj de la pista de baile marcaba las once, salió discretamente por una de las puertas que daban a la galería exterior del hotel. Desde allí salió a la calle y se dirigió al norte por la Corniche hasta llegar a la calle Wasim Hasan donde giró a la derecha. A escasos cien metros se llegaba a la plaza Tahrir donde, a su izquierda se levantaba el museo nacional egipcio.

Habiéndolo visitado en numerosas ocasiones, conocía perfectamente su distribución. Se había agenciado un plano para moverse más rápidamente en el interior. Según el mapa que tenía, tras las puertas principales, se abría un gran espacio donde se mostraban sarcófagos, estelas funerarias y esculturas varias. La sala estaba rematada con las colosales estatuas sedentes del faraón Amenhotep y su esposa Tiyi, que observaban todo el recinto desde su privilegiada posición unos escalones por encima del resto de la sala. A izquierda y derecha los cubículos exponían obras del imperio antiguo, medio y nuevo, e incluso tesoros del período nubio y romano. En el lado izquierdo nada más entrar se encontraban algunas piezas maestras del imperio antiguo.

Toda la planta era rodeada por una galería descubierta situada en el primer piso, al que se accedía a través de unas escaleras a ambos lados de la entrada principal. En este, una serie de estanterías mostraban utensilios diarios, cuencos, vasijas y cajas, así como escenas decorativas artísticas y mobiliario variado.

Sabiendo que no podría entrar por la planta baja, había preparado una mochila con pertrechos que había escondido a los pies de uno de los setos que bordeaban los jardines del museo. Poco más adelante en la continuación de la Corniche, un viejo coche Ford que había conseguido gracias a su influencia en la inteligencia alemana, esperaba para salir de la capital.

Youssef se desplazó ocultándose en las sombras de los árboles, y aprovechando que las nubes cubrían en parte la luz que emitía la luna, hacía la esquina noroeste del museo. Una vez allí, sacó de la mochila una cuerda con un garfio acolchado en las puntas para que no hiciera ruido y lo lanzó hasta que alcanzó un pequeño balcón del primer piso. Trepó por esta y desde el balcón, volvió a realizar la misma operación para acceder al tejado del museo.

Una vez en el tejado, se dirigió a unas claraboyas que se encontraban en el lado noreste y que permitían la entrada de luz natural en el museo. Cortó el cristal con una pequeña punta de diamante y metiendo la mano por el agujero, levantó la manivela y abrió el tragaluz. Enganchó la cuerda y la dejo caer al interior del museo.

Cuando llego al interior, con una linterna que tenía la lente rojiza para no delatar con su luz su presencia a la sala 20, donde sabía que habían puesto últimamente una pequeña colección de dioses y diosas elaboradas en piedra. Al no encontrar lo que buscaba, pensó que la única posible ubicación para la escultura tenía que ser entonces, las piezas maestras que el conservador del museo había ubicado a la izquierda de la entrada, para sorprender con su belleza a los visitantes nada mas penetraban en el museo. Se desplazó sigilosamente a lo largo de la galería en dirección a la puerta principal porque sabía que había una escalera en ese lado del museo que le llevaría al piso inferior. En ese momento oyó ruido de pasos que provenían de la parte central del piso inferior. El vigilante nocturno efectuaba su ronda.

Se escondió detrás de un sarcófago y esperó sin hacer ningún sonido. El guardia apareció en el vestíbulo principal, se acercó a las puertas y las zarandeo ligeramente. Satisfecho con lo que vio, dio media vuelta y retornó a donde tenía su mesa.

El asesino se alegró en su fuero interior, de no haber tenido que matar a una persona sin que fuera necesario. La guerra le había enseñado que se estaban produciendo muchas muertes inútiles por los delirios megalomaníacos de los líderes del mundo libre, y aunque su mano no temblaría a la hora de quitarle la vida a quién fuera, prefería hacerlo sólo si era estrictamente necesario. Salió del escondite y se dirigió al lado este, donde nada más entrar en la sala, a la derecha sobre una columna, lucia formidable, la estatua que buscaba.

Sacó su mochila, desenvolvió la copia hecha en el bazar y la intercambió rápidamente. Guardó el original bien envuelto en la mochila y se la puso en la espalda. A su derecha se encontraban unas escaleras que sabía que conducían al lado norte del primer piso. Una vez arriba, caminó rápida y silenciosamente por la galería izquierda del museo y al final, torció a la derecha para llegar a la claraboya. Sacó de detrás de una estantería la cuerda que había utilizado y lanzándola, la enganchó al borde de la abertura. Trepó por ella y salió.

Desandando el camino que utilizó para entrar, una vez en el jardín se dirigió hacía el río hasta llegar al Ford. Arrancó el motor y se dirigió al noroeste a través del distrito de Zamalek hacia la parte occidental para encontrar la carretera de Benha. A partir de ahí, sería fácil con su rango, poder pasar los controles establecidos por egipcios e ingleses. Ya tenía pensado abandonar el vehículo antes de llegar al abanico del delta. Una vez en Benha, buscaría otro medio de transporte que le hiciera llegar a su santuario, y pondría la estatua en manos del sacerdote de la Hermandad.

CAPÍTULO SIETE
Berlín. En la actualidad

- *¡Bastet ha desaparecido!*

Eran más de las diez y media de la noche cuando el avión aterrizó en el aeropuerto internacional de Berlín. Tras recoger los equipajes, nos dirigimos a la salida donde, junto a un monovolumen, se encontraba Markel que nos espetó la frase agitado e incontrolado.

- *Tranquilo. Dinos que ha pasado* – nos paramos estupefactas porque no esperábamos ese recibimiento y mucho menos, la noticia que nos acababa de dar.

- *Me termina de llamar el director del museo para decirme que, en una ronda de control, sobre las diez de la noche, un vigilante observó que unas cajas de embalajes estaban torcidas y no como recordaba haberlas visto al cerrar el museo al público.*

Hicieron una revisión más exhaustiva de las salas y comprobaron que, en efecto, una figurilla de la diosa Bastet había desaparecido. La policía que está ahora allí no ha encontrado hasta ahora como entró ni salió el o los ladrones. No hay huellas ni rastros de tejidos. ¡No hay nada!

- *Bien. Lo primero es lo primero* – Rebeca se hizo cargo de la situación – *venimos cansados del viaje y necesitamos llegar al hotel para registrarnos y una vez dentro, comenzaremos a organizarnos.*

Tardaron una media hora en llegar a la céntrica Leipzigerstrasse, pasando antes por el mítico check point Charlie. Al llegar al hotel, descendieron del vehículo, entraron y después de registrarse, fueron a la cafetería y tras pedir las bebidas, se sentaron para conocer las novedades que les había espetado Markel.

Según la policía le había comentado, no se encontraron pistas que llevasen a pensar en algún grupo de delincuentes. Si supo Markel por una conversación que tuvo con un inspector de Europol, que se habían cometido otros robos en museos en los últimos 3 años, en los que había un rasgo común: Las piezas que se robaban pertenecían en su totalidad a arte egipcio, y habitualmente al período que comprendía las primeras dinastías.

El grupo estaba nervioso. De ponto, todos comenzaron a dar opiniones e ideas al mismo tiempo.

- *Un momento, por favor* – María interrumpió la algarabía de voces – *Ahora estamos todos cansados y no vamos a sacar ninguna conclusión de provecho. Propongo que nos vayamos a descansar unas cuantas horas, y mañana, nos reunimos a primera hora para elaborar un plan de acción.*

- *De acuerdo. Entonces hasta mañana. Intentad dormir algo.* - Markel se levantó y con él, el grupo entero se dirigió a los ascensores para subir a las habitaciones.

El hombre gris contemplaba la pieza mientras tomaba una taza de té. Si bien la figura no tenía la grandeza física que se reconocía en otras obras que había visto en museos o colecciones particulares, sí tenía "algo" que hacia que se la mirase con especial atención.

Los ojos de la gata parecían observarle incluso cuando giraba alrededor de la estatuilla. La definición de los rasgos y la pose regia indicaban el extremo cuidado con que se había tallado la figura y la atención que se había prestado a los detalles. Entendía el interés de Al-Saadi por tenerla en su poder, pero no le gustaba como cliente, y de alguna manera, sus malos modos tenían que ser castigados de forma tal que no reincidiese en los mismos. Pensaría en ello más detenidamente.

Su agente le había mandado un mensaje en el que le señalaba un punto de recogida en la calle Wallstrasse, donde encontraría nueva documentación, billetes de avión y dinero para viajar a El Cairo. El cliente insistía en que, dado el valor de la pieza, tenía que ser entregada en mano con las máximas precauciones. Aunque no era su norma conocer a los clientes, quería estar cara a cara con Al-Saadi y ver que tipo de hombre era. Del resultado del careo dependería qué decisión tomaría con respecto a él.

Preparó con cuidado el embalaje que había diseñado para transportar la figura y se retiró a descansar. El siguiente día se vislumbraba largo y trabajoso.

CAPÍTULO OCHO
Berlín

El grupo se reunió a primera hora para dirigirse todos juntos al museo. Giuseppe había quedado con el inspector de Interpol y quería pedirle permiso para intentar un par de cosas. Giuseppe comenzó la reunión poniendo al día al grupo

- *Anoche no podía dormir y entré en la web oscura buscando información sobre el robo.*
- *¿Qué tipo de información?* -preguntaron todos al unísono.
- *Pude comprobar cómo, en los últimos 2 meses, ha habido un flujo de intercambio de información referente a la figura que han robado. Eso además es extraño por cuanto la pieza fuerte del Departamento es el busto de Nefertiti y la figura no aparece en los catálogos del museo especialmente reseñada.*

-*Y* – Rebeca se adelantó – *¿has encontrado algo en particular?*

- *Sí* – Respondió Giuseppe emocionado –*He podido detectar una dirección IP que era la que se interesaba por los datos concernientes a la diosa Bastet.* – siguió rápidamente – *La señal saltaba continuamente de nodo en nodo, pero al final, localicé el punto de origen, situado en Luxor, concretamente el repetidor más cercano la ubica en la margen izquierda del Nilo.*

- *Esto es interesante* – María se masajeó la barbilla pensativa. – *al menos Interpol puede contactar con la policía egipcia con lo que has descubierto. Parece una pista más concreta que lo que tienen hasta ahora.*

- *Por eso quería ver al inspector. Quiero ponerlo en antecedentes y pedirle que me deje profundizar en la búsqueda en la dark web*. Es posible que incluso aparezcan datos que puedan dar pistas sobre algunos robos anteriores que se ha producido.*

Algo más animados tras la mala noche que habían pasado con la noticia del robo, se pusieron a pensar cada uno por su lado en cómo resolverían este caso. Indy se olía una nueva aventura y se arrimaba a Rebeca como si no quisiera perderse la información que habían descubierto.

El hombre gris había tomado una determinación. Tras leer la información que había podido recabar sobre la estatuilla y sobre la secta que, desde la antigüedad tenía como cómo objetivo protegerla y mantenerla en su templo primigenio, decidió buscar a algún miembro de la secta y de primera mano, ver cuales eran sus intenciones y hasta donde eran capaces de llegar para obtener la estatua. Había comenzado a vislumbrar mentalmente un plan que podía servirle para castigar la insolencia de Al- Saadi.

Por supuesto, tampoco su socio se saldría de rositas por la captación y aceptación de este cliente y tendría unas palabras no muy amigables para con él, pero lo que ahora mismo deseaba era infringir al egipcio un severo castigo por haber vulnerado todas las reglas que durante años había establecido para proteger su anonimato.

* En el original: Internet oscuro

En la red oscura había detectado un grupo de chat que tenía como motivo principal, la diosa gato. Aunque era privado, no le había costado mucho entrar y observó como los comentarios que en el chat se vertían, marcaban una obsesión insana por averiguar el paradero de una figura que bien podía ser, la que tenía en su poder. Una dirección en concreto le llevaba hasta Venecia, y pensó en desviarse un poco de su ruta y demorar la llegada a El Cairo para investigar esa posibilidad.

Decidido a seguir adelante con su plan. Delante del ordenador, entró en la página de ferrocarriles alemana y sacó un billete de tren. Viajaría algo más lento, pero sería más difícil detectarle, y así, tendría más tiempo para pensar en lo que iba a hacer.

El inspector les esperaba en la cafetería del museo, tomando un expreso.

- *Ciao Amici** -saludó levantando la taza como si brindase - *Me llamo Fabio Scola y soy el inspector encargado por Interpol para investigar este caso.*

Vuestro amigo Giuseppe me ha hablado de vosotros. Espero que podamos ayudarnos mutuamente. Este caso tiene el aspecto de ser muy importantes y puede tener grandes repercusiones para todos. Agradezco cualquier colaboración e igualmente, podéis contar conmigo si queréis indagar algo.

- *Hola Fabio* – respondieron todos a la vez – *Anoche ya nos puso en antecedentes Giuseppe y esta mañana nos ha comunicado algunas novedades que te queríamos comentar.*

* En el original: Hola amigos

- *Vamos allá.* – se sentaron a la mesa y tras pedir café para todos, Giuseppe dijo:

- *La localización de la IP que detecté ayer nos permite un punto de partida. Creo que lo primero es identificar al usuario de ella lo que podré hacer en breve si Fabio me autoriza a colaborar en el aspecto informático.* – Fabio cabeceó afirmando y movió las manos indicándole que siguiera – *Quiero abundar en la búsqueda de otros robos con las mismas características, como los que hablamos ayer Fabio. Eso nos podría dar otro cabo del que tirar.*

- *Bien. Pediré a la policía egipcia que rastree las torres más cercanas para triangular la posición de la IP y contactaremos con el proveedor del servidor para que nos facilite los datos. Visto la importancia del tema, no creo que planteen muchas dificultades.*

- *De acuerdo* – Rebeca se puso en pie – *Voy a acercarme a hablar con el director del Departamento del museo para coordinar el traslado de las piezas a El Cairo y tranquilizarlo en cuanto a la seguridad. Rocío me acompañará. María* – giró su cabeza hacía ella y continuó –*quizás podrías investigar desde el periódico en la hemeroteca los otros robos por si alguna información relevante pudiera valerles a Fabio y Giuseppe en la investigación. Mira también si se han producido movimientos de compraventa de antigüedades egipcias y si aparece el nombre de Luxor relacionada con estas.*

Indy, había permanecido en silencio, mirando fijamente a todos el grupo sentado cerca de Rebeca. Parecía concentrado en la conversación y al oír a Rebeca, se levantó y soltó un poderoso

- *¡Miauu!*

Los chicos dieron un respingo asustado y luego se rieron abiertamente. Markel exclamó:

- *¡Comienza una nueva aventura!*

CAPÍTULO NUEVE
Berlín

Sentada en el despacho del profesor Schneider, observaba en silencia a través de la ventana. Entre los edificios de la isla se apreciaban la estructura de la Magnus Haus al otro lado del canal del río Spree. El profesor estaba frente a ella. Su ceño fruncido traslucía las dudas que le tenían callado y meditabundo.

- *No se preocupe profesor* – Rebeca le miró fijamente y esbozó una ligera sonrisa – *hemos hablado con Interpol y dotaremos de seguridad privada adicional a las piezas de su museo, todo a cargo económicamente, por supuesto, del museo de arqueología de Egipto. Además, nos acompaña Indy al que usted conoce y sabe que es un buen guardián.*

El profesor sonrió –*Con Indy me siento más tranquilo.* – Indy se estiró y levantó las orejas como si supiera que estaban hablando de él - *No, en serio. Confió en vosotros para el traslado y sé que estoy en buenas manos, pero esta oleada de robos que se están produciendo me pone nervioso.*

- *Lo entiendo y le aseguro que vigilaremos sus obras. Quiero además investigar, con su permiso, el robo de la estatuilla de la diosa Bastet. Ya sabe que queríamos incorporarla por el período al que pertenecía, pero no se le había dado una importancia tal como*

59

para robarla. Me intriga y si no le importa, vamos a intentar recuperarla.

- *¡Sí, por favor!* – exclamó con alivio Schneider – *Si la encontraras me quitarías un gran peso de encima. Nunca bajo mi dirección habían robado nada del museo, y me siento desvalido y vulnerable.*

- Muy bien profesor – Rebeca se levantó acercándose a la mesa y extendiendo la mano se despidió de él – le mantendremos informado de todo. Confíe en nosotros.

Seguida de Indy que iba todo ufano tras sus pasos, abrió la puerta del despacho y salió de la habitación.

El tren circulaba con el horario previsto. Había pasado la tarde y parte de la noche moviendo contactos y pidiendo favores. Descubrió que los asesinos, estaban extendidos por el mundo más allá de Egipto. La aparición de tesoros y la obtención de estos por los museos más reconocidos, habían ocasionado que los asesinos tuvieran que desplazarse siguiendo las reliquias, buscando siempre la que era el motivo de su creación.

Así, descubrió que había un hombre, de nombre, de nombre Taymullah, residente en Venecia se había dedicado los últimos años en recabar información para la secta referente a la estatua. Necesitaba hablar con él para obtener los datos que requería su plan de castigo para Al-Saadi. El viaje en tren era largo, pero eso le permitía repasar lo que había estado pergeñando. La escala de Múnich le facilitaría además hacer algunas llamadas para confirmar cabos sueltos en su plan.

La cuadrilla se reunió a comer en Potsdamer Platz. Giuseppe tenía novedades.

- He podido relacionar por fin la IP con un nombre: Amar Ben Al-Saadi. Resulta ser un hombre importante en las altas esferas egipcias, un benefactor que dona grandes sumas de dinero para financiar excavaciones que puedan halar tesoros que muestren la grandeza que tuvo el país. Además, participa en muchas empresas y colabora con personajes del gobierno. Vamos, una pieza grande

- Hemos pescado presas mayores – respondieron a la vez picadas María y Rocío *– Voy a buscar información por si ha mostrado interés por algunas de las piezas robadas con anterioridad.*

- De acuerdo – exclamó Giuseppe *– ¡Aún hay más! Hay una IP que no consigo ubicar que ha estado en contacto con Al-Saadi y que también ha mostrado actividad en fechas anteriores a algunos de los robos que nos dijo Fabio.*

- Eso podría significar que si Al-Saadi es el cliente, por ser el que tiene el dinero, la otra persona podría ser el ladrón que estamos buscando. ¡Esto es muy importante! – matizó Rebeca.

- ¡Y tanto! – Respondió emocionado Giuseppe sonriendo con satisfacción *– esa IP desconocida infunde respeto. Sus comentarios son pocos, pero acertados, y es muy difícil recabar datos de terceros. Los usuarios de la red oscura le llaman "el hombre gris" y sólo aparece de cuando en cuando y siempre, en fechas cercanas a los atracos. Lo cierto es que el sujeto parece realmente peligroso.*

- Peligroso o no, si es el ladrón lo cogeremos y recuperaremos la estatuilla – Apunto Rebeca. Indy maulló mostrando su conformidad y la pandilla se relajó. Eran grandes noticias, pero aún quedaba mucho por hacer.

Al día siguiente se reunieron todos en el aeropuerto. Fabio había sido puesto al día por Giuseppe de la información conseguida en la red oscura y ya había contactado con sus compañeros para profundizar en la información recibida. Les aseguró que intentaría acercarse a El Cairo en cuando pudiese, para seguir más de cerca el operativo.

- *No te preocupes* – dijo Rebeca. – *Cuando lleguemos nos pondremos en contacto contigo. Nos vendrá bien si puedes preparar una reunión con la policía egipcia. Allí nos recogerá mi amigo Samir y se incorporará al grupo.*

- *Les llamaré cuando subáis al avión.*

María intervino – *he encontrado datos que señalan que "el hombre gris" sea probablemente el hombre que buscamos, tanto en los robos anteriores como en el que se ha producido aquí.* – Tomó aire y continuó – *Son sólo señales difusas. Este hombre no deja huellas, es como una sombra.*

- *Por eso mismo, tened cuidado y no os arriesguéis* – suplicó Fabio. – *Ante cualquier atisbo de riesgo, llamar a la policía y dejad que hagan su trabajo.*

- Miauu – Indy se acercó a Fabio y se restregó en sus piernas. Rebeca lo señalo y dijo – Esa es su manera de decirte que te aprecia y que te considera su amigo. No te preocupes. Este "bicho" nos cuidará.

- Ciao – dijeron todos a la vez al oír la señal de llamada del vuelo, encaminándose a la puerta de embarque

CAPÍTULO DIEZ
Venecia

Santa Lucía está abarrotada como él la recordaba. Era igual la época del año en que visitase la ciudad, siempre la encontraba llena de turistas ansiosos por recorrerla. La aglomeración urbana había llegado a tal punto, que los noticieros internacionales ya avisaban de que el alcalde la ciudad estaba dispuesto a tomar medidas para permitir, solamente a un determinado número de visitantes al día. El deterioro que se producía por la acumulación de personas era tal, que los vecinos presentaban al ayuntamiento continuas quejas y lo cierto era, que la ciudad, con la suciedad que se depositaba a diario perdía encanto además de sufrir una devaluación en la calidad de vida de la zona.

El hombre gris se dirigió desde el andén hasta la salida de la estación. En la explanada que se formaba a la salida de esta, entre los grupos de personas, pudo apreciar el mismo paisaje de siempre. Al otro lado del canal, se vislumbraba la torre de la iglesia de Simón el pequeño. En el lado del canal donde se encontraba, a su izquierda, la estatua de la virgen María parecía bendecir a los pasajeros que terminaban de llegar. Con la bolsa de mano se encaminó a una parada de taxis acuáticos y embarcó en uno de ellos. Dio una dirección al piloto y se sentó observando las aguas del canal.

Cuando llegó a la parada de San Zaccaria, pagó al conductor y saltó al embarcadero a la altura del hotel Danielli, donde había reservado habitación. De pie, se giró mirando al mar y contempló como se erguía majestuosa la iglesia de San Giorgio Maggiore. A su izquierda, como siempre vigilando desde su caballo y en pose regia, se alzaba majestuoso, el monumento de Vittorio Enmanuele II. Hacía su derecha se extendía la Riva degli Sachiavoni ofreciendo a los turistas que entraban en la ciudad por el mar un aspecto espectacular con sus emblemáticos edificios, el Palacio Ducal y el puente de los suspiros. Pensativo, se dio la vuelta y se encaminó al hotel donde después de registrarse, subió en el ascensor a su habitación. Una vez en esta, decidió que el buen tiempo que hacía para la época del año en que estaba, invitaba a salir a cenar fuera. Daría un paseo por la ciudad hasta el campo San Polo y después tomaría un cappuccino en el Café Florián relajadamente mientras repasaba sus planes.

Al-Saadi estaba contrariado. El socio del hombre gris le había llamado para decirle que éste llegaría unos días más tarde a su cita, porque tenía otros asuntos de los que ocuparse. El árabe no estaba acostumbrado a los desaires y tras una bronca discusión por teléfono colgó enfadado. Tendría que hacerle pagar por su desplante y ya se le ocurriría la forma.

Eran las diez de la noche cuando recibió la llamada. No estaba acostumbrado a recibir llamadas a esa hora, tanto era el miedo que tenían sus subordinados a importunarle. Intrigado, miró la pantalla del teléfono y se quedó estupefacto. No era habitual que el ministro de antigüedades llamara en persona.

- Salam *aleikum Ibrahim Maalouf effendi**. No es habitual recibir llamadas tuyas a estas horas.

- *Aleikum salam Amar Ben Al-Saadi**. Te llamo a estas horas por un asunto ciertamente importante.*

- *Bien amigo mío. Vayamos directos al grano*

- *Acabo de enterarme por un jefe de policía que se ha recibido la petición de Interpol de recabar información sobre ti. Creo, además, que próximamente recibirás una visita en casa.*

Al-Saadi exclamó irritado – *Y porqué se me molesta a mí. ¡A mí! Yo no tengo nada que hablar con la policía. Tú sabes lo mucho que he hecho por la ciudad y el país.*

- *No te irrites estimado Amar. La Interpol ha solicitado la colaboración de la policía siguiendo una pista del robo que se ha producido recientemente en Berlín.*

- *El presidente está sensible es ese aspecto habido cuenta la exposición que vamos a celebrar, y para cuyas culminación, se han cedido piezas significativas en la creación y desarrollo del imperio egipcio.*

- *¿Y eso que tiene que ver conmigo?* – espetó secamente Al-Saadi.

- *Están relacionando indicios y siguiendo pistas, y de alguna absurda manera, tu nombre ha salido a colación.* –

Tras un breve momento de silencio, Alssami continuó – *¿Tú no sabes de que va esto, ¿no?*

- *¡Por supuesto!* – replicó indignado Al-Saadi mientras cavilaba interiormente cómo había llegado su nombre a la policía. – *Seguro que la policía alemana ve en todos los egipcios una amenaza y están dando palos de ciego buscando sospechosos.*

* En el original: Que la paz sea contigo señor Mustafá Alssami
** En el original: La paz sea con vosotros Amar Ben Al-Saadi

- *Bueno, no te preocupes amigo mío. Masa´alkhayr**
- *laylat saeidat lak ayadan***. Enojado colgó sin esperar respuesta alguna.

Al Saadi estaba furioso. Era consciente de ser, probablemente el causante de esa filtración. No siendo un gran informático, quizás no debió entrar en algunas páginas sin tapar su rastro. Comenzaba a pensar que contratar al hombre gris no había sido una buena idea y tendría que tomar medidas.

* En el original: Buenas noches
** En el original: Buenas noches a ti también

CAPÍTULO ONCE
El Cairo

Nada más tomar tierra en el aeropuerto internacional de El Cairo notaron el calor propio del país. Aún en otoño, la temperatura superaba los 30º. Después de recoger de la cinta el equipaje, se dirigieron a la salida. Indy seguía en su cesta y no hacía más que moverse inquieto queriendo salir.

- *Haz el favor de comportante. Aquí no puedes salir. Está prohibido.* – Rebeca le puso mala cara, pero el gato le miró ladeando la cabeza como si no la entendiera – *Y no me mires así, que sabes que tengo razón.*

Fuera del aeropuerto, se toparon de bruces con un Samir sonriente, que se echó en brazos de Rebeca con un jubiloso

- *Mrhbaan**

El grupo respondió alborozado compartiendo abrazos. Indy, desesperado por salir, golpeaba con la cabeza en la rejilla de su cesta.

- *¡Vale, vale, te saco ya!* – dijo Rebeca depositando en el suelo la cesta y abriendo la puerta. Indy salió como un cohete y se dirigió a Samir.

* En el original: Bienvenidos

Indy salió como un cohete y se dirigió a Samir. Al llegar junto a él, salto y prácticamente le trepó hasta los brazos, apoyando su cabeza en el pecho del joven y maullando con placer.

- *¡Hola Indy! ¡Te he echado de menos cacho tigre!*

- *¡Miauuuu!*

- *¡Pero bueno!* – Exclamó Rebeca con sorna

- *¿pretendes ponerme celosa gato diabólico? Tú lo que quieres es ir a casa de Samir para que su madre te dé comida.*

- *Fruuuh* – Indy la miró ofendidamente, con las orejas tiesas y entornando los ojos.

- *No cuela majo. Iremos después. Primero al hotel, donde tenemos que hablar con Samir.* – Tornó su mirada en el joven árabe y le dijo – *traemos novedades del robo de Berlín.*

- *vámonos pues. No perdamos tiempo.*

Recogiendo del suelo el equipaje, se dirigieron sorteando a la multitud que se encontraba en las paradas de autobús y taxi, y se encaminaron hacia la furgoneta que Samir había aparcado lejos del bullicio. Tras pagar el aparcamiento, tomaron el camino de la autovía y se dirigieron a la capital.

El tráfico a la entrada a El Cairo era tal y como recordaba caótico. Una muchedumbre se metía entre los coches, las motos y bicicletas dificultando el tránsito. Samir había querido mostrarles a los demás - que no conocían la ciudad - el ambiente real de la misma, y cómo se vivía en ella. Poco a poco, metiéndonos por calles laterales, nos fuimos acercando a la plaza Tahrir donde también se encuentra el antiguo museo egipcio. Éste sería, junto al nuevo museo nacional de la civilización egipcia ubicado en Giza, las sedes de la exposición que ayudaríamos a montar.

Callada, Rebeca pensaba en el robo y en como tendrían que enfocar el asunto aquí. Tenían un par de días y muchas cosas que hacer antes de ponerse en contacto con los comisarios de la exposición, y preparar las obras.

La policía podría ser un problema si, como Giuseppe había sugerido, Al-Saadi era un personaje influyente. Esperaba que la ayuda de Fabio y los contactos de su amigo Samir pudieran allanar el camino y eliminar trabas burocráticas.

Sudorosos por el calor, llegaron finalmente al hotel. Cuando Samir abrió la puerta de la furgoneta, Indy saltó como un cohete y se puso a maullar, mirando a su alrededor. Asombrosamente, aparecieron varios gatos que se acercaron a él. Se frotaron y maullaron sincopadamente. Rebeca y los demás miraron asombrados la escena.

- *No había visto nunca nada igual. Si me lo cuentan, no me lo hubiera creído* – María sacó su móvil y tomó una foto de la escena – *Indy jamás se ha comportado así.*

- *Y fijaros también en los demás gatos. Están como embelesados con este sinvergüenza. Se cree el centro de la creación.*

- *Bueno* – Rebeca se adelantó al grupo, se acercó y cogió a Indy que protesto con un maullido lastimoso – *Tenemos muchas cosas que hacer. Vamos a registrarnos, nos damos una ducha rápida y quedamos en media hora en la cafetería del hotel para repasar el plan de hoy.*

Recogieron todos sus bolsas y se encaminaron al interior del edificio.

CAPÍTULO DOCE
Venecia

Sentado en la terraza del hotel, el hombre gris tomaba su desayuno con el ceño fruncido. Estaba de mal humor. Aunque la noche acabó bien, tal y como pretendía, su socio le había amargado el despertar del que parecía iba a ser un día bonito y soleado en la capital adriática. Su llamada temprana no auguraba nada bueno y, en efecto, así había sido.

Su mensaje era claro. Al parecer, Al-Saadi le había telefoneado totalmente ofendido y enfadado. Una llamada de un personaje importante de la capital egipcia, conocido suyo, le había comunicado que estaba siendo investigado por haber aparecido su nombre en la investigación que la Interpol estaba realizando con motivo del robo de Berlín. Probablemente hubiera sido error suyo, pero eso no disminuía su furia e insistía en que le llamase y viajase lo más rápido posible a Egipto para entregarle la estatuilla.

Su socio le había recordado que nosotros no actuábamos así, pero le amenazó con publicitar en ciertos foros ciertos datos míos - no podían ser muchos puesto que yo no dejaba cabos sueltos - lo que suponía ya empezar a reconsiderar la relación con este individuo como un problema que había que atajar ya.

Con ánimo sombrío, marcó el número y esperó.

- *Al habla Amar Al-Saadi*

-*Quería hablar conmigo. Dígame que quiere*

- *¡Si!* - espetó furioso. - *Tendría que estar ya aquí con mi figura. Tenemos un trato.*

- *En dicho trato no se especifica ningún día concreto. Como le dijo mi socio, tenía que resolver un asunto antes de llegar.*

- *¡Es lo mismo! ¡Yo le convoco y usted viene! Me están investigando y si siguen así, pronto encontraran una relación entre los dos.*

- *¿Me está amenazando? Ya le dije la otra vez que esa no era una buena política. Ha debido hacer algo que ha dejado un rastro que le apunta.*

- *Eso no importa. ¡Quiero que lo arregle y se haga cargo del problema y lo haga ya!* – colgó enojado el teléfono.

Este personaje ya empezaba a incomodarle mucho. Se estaban produciendo filtraciones y vías de agua en sus sistemas de seguridad que amenazaban su anonimato conservado durante tantos años. Si esto continuaba, llegaría a él seguro y en poco tiempo, además. Convencido de que las medidas que había pensado se hacían ahora más necesarias que nunca, terminó su café, se levantó y se encamino al exterior del hotel.

Una vez en el exterior, giró a su izquierda y se encaminó por la calle San Zaccaria hasta llegar al campo del mismo nombre. En la plaza, en la esquina con el campo san Provolo, una pequeña cafetería ofrecía en su terraza desayunos. Una mesa con cinco jóvenes comía con apetito los desayunos que habían pedido. Sus voces y risas perturbaban el silencio habitual de estas recónditas plazas.

Una mesa algo más apartada, estaba ocupada por un viejo sentado delante de un café. Aunque su cara arrugada y sus manos señalaban que hacía tiempo que había cumplido los cincuenta años, sus ojos, se movían perspicaces a su alrededor observándolo todo sin perder detalle. Eran ojos inquisitivos, acostumbrados no a mirar, sino a ver, a fijarse en los detalles que las personas normalmente no suelen apreciar, aunque estén a la vista.

Parsimoniosamente se acercó a la mesa y sonriendo al llegar a su altura, se sentó en la silla de enfrente saludando:

- *¿Buongiorno signore Taymullah. ¿Mi permetti di sedermi?* * – Continuo sin esperar respuesta – *Si no le importa, hablaremos en mi idioma que creo, habla perfectamente.* –

Sacando un papel doblado del bolsillo de su abrigo, lo abrió y lo puso delante del árabe. Este, alzó sus ojos y lo miró fijamente, evaluando cómo era la persona que tenía delante. Estiró la mano y desdobló el papel. Dentro, sólo había dibujado un pequeño jeroglífico

Taymullah, tras volver a doblar el papel, dejarlo encima de la mesa y empujarlo hacia su interlocutor preguntó:

-*¿Que quiere usted de mí? Si me ha investigado, sabrá que estoy retirado. Estoy enfermo y mi cuerpo ya no es el que era. No creo que le pueda servir en nada.* – Apoyó las dos manos sobre la mesa. Los signos de la artrosis eran evidentes, por las desviaciones digitales y las inflamaciones de las articulaciones – *¿Porqué está aquí?*

* En el original: Buenos días señor Taymullah ¿Permite que me siente?

El hombre gris pidió un café al camarero y continuo - *No se preocupe signore. Sólo quisiera información sobre su sociedad. Ustedes veneran a la diosa Bastet, y parecen que han ofrecido su vida para que la estatua que la representa esté en su santuario. ¿Es así?*

- *Correcto. Desde el comienzo del culto a la diosa, personas como yo han cuidado y protegido su culto. Sin embargo, hemos sufrido el robo de su representación muchas veces, y todas ellas, hemos tenido que recuperarla, muchas veces a costa de la vida de mis hermanos.*

- *Y ahora* - El hombre gris se estiró sobre la silla - *¿saben dónde está la estatuilla?*

-*Después de recuperarla de El Cairo durante la II*^{a} *Guerra Mundial, permaneció mucho tiempo con nosotros. Una subida inusual del Nilo inundó los terrenos donde se ubica nuestro templo, y en las tareas de recuperación del terreno desapareció. Siempre pensamos que algún trabajador de los equipos que mandó el gobierno para ayudar en la reparación de los daños ocasionados por la riada encontró el santuario y robó a la diosa.*

Desde entonces hemos estado buscando – Miró sus manos apenado –*Yo no estoy ya en condiciones de participar activamente en la búsqueda, así que intento conseguir información.* – Lo miró fijamente echándose hacía delante – *¿Cómo ha sabido de mi?*

- *Tengo algunos contactos. Y si le dijera que creo que puedo saber quién tiene la estatua, me gustaría saber qué medidas tomarían con el ladrón.*

- *Esa persona no volvería a robar nada más. Tampoco nos gusta que personas que nos conozcan anden por ahí sin control.*

- *Si se refiere a mí, este tranquilo. Después de esta conversación, no volverá a verme.* - Tomando un sorbo de café continuo – *Acuda al café todas las mañanas de hoy en diez días. Si confirmo algunas informaciones, le haré llegar un nombre y una dirección.*

Sin despedirse de él, se levantó y se encaminó de vuelta al canal. Pensó que Al-Saadi por fin obtendría lo que se merecía. Con una sonrisa torcida y perversa, metió las manos en los bolsillos y se alejó perdiéndose entre la gente que transitaba por la calle.

CAPÍTULO TRECE
El Cairo

El interior del hotel era espectacular. Una gran lámpara a base de farolillos blancos parecía flotar en el vestíbulo. En el suelo, repartidos por el lobby faroles negros iluminados completaban la iluminación al entrar. Algunas escaleras ofrecían distintos niveles donde se podía tomar una copa en el gran bar del hotel, o leer tranquilamente la prensa en uno de los salones.

Nos dirigimos hacia el amplio mostrador de recepción para registrarnos

- *Mrhbaan 'ayuha alsaadat fi funduq Semiramis** - Saludó solícito el recepcionista.

- *Salam aleikum***. Tenemos una reserva realizada por el museo nacional de arqueología. Mi nombre es Rebeca Sánchez.

- *Marhaban sayidati***. Permítame un momento que confirme su reserva.* - La miro con una gran sonrisa y tras echar una mirada a la pantalla oculta detrás del mostrador continuó

* En el original: Bienvenidos señores al hotel Semiramis
** En el original: Que la paz sea contigo
*** En el original: Bienvenida señorita

- *Efectivamente. Tienen ustedes reservadas y preparadas ya las habitaciones. Si me lo permiten, le diré al botones que suba su equipaje.*

- *shukran rabiy** - Rebeca se giró a sus compañeros y les dijo:

- *Démonos media hora para refrescarnos y organizar la maleta. Nos vemos en la cafetería de abajo para preparar el día de hoy.*

- *De acuerdo* - Respondieron todos a la vez

Como si de un pequeño ejercito se tratará, se giraron y siguieron al joven maletero que ya se encaminaba a los ascensores. Indy, mirando a uno y otro lado, parecía estudiar la zona por si hubiera algún peligro. Rebeca lo miró y pensó que era un viaje extraño. Desde que habían llegado a Egipto se comportaba de forma rara - *No sé* - dubitativa movió la cabeza - *Buscamos una estatua de la Diosa desaparecida, Indy se comporta de un modo extraño. No quiero parecer paranoica, pero parece que todo esto se está volviendo un poco confuso.*

Con un movimiento brusco de cabeza, como queriendo quitar las malas ideas de la cabeza, siguió a sus compañeros a los ascensores.

Eran más de las cuatro de la tarde cuando tomó tierra en el aeropuerto Salerno Costa d´Amalfi. A esa hora no se veía mucho movimiento de personas en el pequeño recinto. Algún grupo suelto en la cola de facturación y un par de empleados pululando sin hacer nada en concreto. Se dirigió a la salida y cogió un taxi

* En el original: Gracias señor

- *Al porto per favore**

- *Subito signore*** - respondió solícito el taxista arrancando el vehículo conduciendo hacía el carril de incorporación a la autovía.

El encuentro con Taymullah le había facilitado la información que quería, tanto sobre la estatuilla, como con lo que tenía planeado para Al-Saadi. En su momento, haría llegar la información adecuada al sicario. Al-Saidi recibiría su castigo por insolente y prepotente. Entregaría el encargo cara a cara y así le podría conocer. Habría cumplido el contrato y pondría fin a su relación con el árabe de una manera que nunca sospecharía.

Había decidido llegar a Egipto de una forma discreta dado que la policía, por la negligencia de Al-Saidi, estaba al tanto de la existencia de otra persona -él mismo- como participante en el robo. Eran muchos los años que había perpetrado delitos sin que nadie supiera de su existencia, y por un grave descuido de su cliente, por primera vez, estaban sobre su pista. Por ello, decidió volar con uno de sus alias desde Venecia a Salerno para aquí, coger un carguero Ro-Ro. La supresión del Ferri que desde Venecia, hacia la ruta a Egipto por causa de la guerra en Siria, le hizo buscar otras alternativas discretas a la vez que seguras.

El viejo carguero de la Grimaldi, con una pequeña escala en Izmir, transporta prácticamente en su totalidad vehículos para destinos de Oriente Próximo. Sólo dos pasajeros más van en este viaje por lo que el hombre gris no se ve nunca con nadie, pasando su tiempo en cubierta pensando en sus planes.

* En el original: Al puerto por favor
** En el original: En seguida señor

Al tercer día de viaje, desembarca en el puerto de Alejandría y se encamina hacia una oficina de alquiler de coches que hay a la salida de este. Tras contratar un viejo 4x4 por una semana, se sienta frente al volante y se dirige al sur buscando la autovía que conduce a El Cairo.

"La residencia de la anciana" estaba impregnada de un silencio ominoso. Los trabajadores que a diario se desplazaban a esta para encargarse de las tareas domesticas de limpieza de la casa y los jardines, deambulaban cabizbajos arrastrando las escobas deseando no ser requeridos al interior. El amo estaba de un humor terrible y era tal el pavor que infundía, que preferían trabajar por una vez de verdad en vez de ser objeto de riña por su parte.

Al-Saidi estaba en su despacho con una taza de té y el periódico en la mesa, sin hacer caso a ninguno de los dos. Había recibido una llamada de la Comisaría General de El Cairo en la que se le comunicaba -no se le pedía, se le exigía - que recibiera a unos jóvenes arqueólogos que querían hablar con él por algo referente a un robo producido en Alemania. Sabía que era su culpa el que su nombre apareciera en la investigación, pero eso no quitaba el enojo que sentía por ser molestado Él. Siempre pensó que su posición de poder le evitaría ese tipo de molestias, pero al verse implicado su furia se dirigía hacia los demás.

Con un manotazo furioso barrió de la mesa la taza y el periódico y soltó un alarido de frustración. En la casa y en el exterior, los trabajadores se estremecieron sobrecogidos. ¡Algo grave iba a pasar!

CAPÍTULO CATORCE
El Cairo

El grupo salió temprano del hotel para dirigirse al aeropuerto, donde tenían un vuelo reservado a Luxor. El comportamiento de Indy había cambiado desde su llegada a Egipto. Cuando veía un gato, maullaba y era correspondido enseguida. Los felinos le seguían como si se hubiera establecido un vínculo entre ellos. Hoy, iba atento a lo pasaba a su alrededor. Como el día de ayer, alrededor del hotel se habían concentrado un buen número de gatos de todos los colores que, en cuando vieron a Indy, se acercaron a él maullando. Nuestro felino favorito se paró, los miró y emitió un prolongado maullido. Al oírlo, los gatos se desperdigaron en todas direcciones. María dijo:

- *Ha sido imposible dejarlo en el hotel. No se me ha despegado desde que me levanté y esta inquieto como nunca lo he visto* - Les decía Rebeca a los demás - *Y supongo que os habréis dado cuenta de la cantidad de gatos que había en el exterior, y como se le han arrimado en cuanto asomó por la puerta.*

- *Es extraño.* - María miraba perpleja - *Parece que los gatos estén esperando la indicación de Indy. ¿Nunca le habían visto antes, no?* - Preguntó a Rebeca.

- No. Cuando vinimos el año pasado con Samir, nos fuimos directamente a su pueblo y no noté nada relativo a los gatos - Respondió pensativa - *Este asunto de Bastet parece que nos ha puesto nerviosos a todos. Subamos rápido al monovolumen, que hoy tenemos mucho trabajo.*

. *Si, por cierto. Me está resultando un viaje de lo más extraño* - Le respondió María - *He buscado en internet y no he encontrado nada que justifique este comportamiento.*

- *Bueno. Vigilaremos y veremos a donde nos lleva esto.*

- *Y cuidaremos de ti, Indy* - Le acarició afectuoso la cabeza Samir.

- *¡Miauu!*

Cuando llegaron al aeropuerto y tras pasar el control de pasajeros, se dirigieron a la cola de embarque y esperaron la llamada de su vuelo. Callados en la misma estaban Rebeca, Samir, María y, por supuesto, Indy.

Rebeca cavilaba con las últimas informaciones recibidas. Había contactado con Fabio y éste, les había concertado una cita con el comisario Faisal en El Cairo. También había logrado que las autoridades egipcias les facilitase una entrevista con Amar Ben Al-Saadi, el sujeto del que Giuseppe captó la IP con la información transmitida en el robo de Berlín.

Acudirían a la reunión acompañados por el comisario Faisal, como participantes en el montaje de la exposición, ya que él, era un benefactor y patrocinador habitual en las temporadas de excavaciones y debería mostrar interés por las piezas que se iban a exponer. En realidad, quería presionar al árabe a sabiendas que su nombre era mencionado en las diligencias que Interpol había hecho relativas a los robos en los museos europeos.

En Luxor hacia mucho calor pese a la temprana hora del día. Tras desembarcar, alquilaron un coche y se dirigieron al Sur a través de la autovía Al Oksor dirección Aswan hasta llegar al puente de Luxor. Después de atravesarlo, y tras callejear durante un cuarto de hora, llegaron a la Comisaría Este de Luxor. Aparcaron a la puerta de esta y penetraron en el interior del edificio.

Muhamad era el contacto local que el comisario Faisal les había buscado, para que los acompañara a la casa de Al-Saadi. Un hombre tan poderoso igual no aceptaría que unos jóvenes extranjeros fueran a su casa sin previo aviso. De ahí las gestiones hechas desde El Cairo y la necesidad de un apoyo local. El acompañamiento del sargento Muhamad oficializaría el tema y facilitaría también, el poder presionarle algo con preguntas referentes a Bastet. Su reacción podría orientarles ó, al menos, ponerle nervioso para que cometiera algún error.

En la Comisaría, el sargento Muhamad les estaba esperando

-*Marhaban bikum alsaydat** - Saludó educadamente - *Usted debe ser Samir. El comisario me dijo que vendría también. ¡Y además traen un gato! ¿Qué curioso o no?*

- *Samir colabora con nuestro grupo en la exposición que se va a celebrar* - Respondió Rebeca con una sonrisa y continuó.

- *Ya colaboró con la policía egipcia anteriormente, en el transcurso de una investigación por un caso de robo de antigüedades. Si consulta con El Cairo se lo confirmaran* - El sargento cabeceó afirmando - *El gato, que se llama Indy, aunque no lo crea, también participó en aquellos hechos y vistos los resultados, de forma muy satisfactoria según opinión de sus superiores.*

* En el original: Bienvenida señorita

- *Ya me había informado doctora Sánchez* - Se sonrió y levanto dirigiéndose hacía la maquina del agua - *Estoy encantado de haberlos conocido y de colaborar con ustedes y con el comisario Faisal. Por cierto, ¿les apetece una taza de té? No hay nada mejor para quitar el calor que una buena taza tal y como la tomamos nosotros, con leche, limón y azúcar. ¿Me permiten servirles una taza?*

- *Leí con interés el atestado policial sobre el robo en el que colaboraron. Espero que lo de hoy no sea tan dramático* – carraspeó incomodo – *El señor Al-Saadi es un personaje influyente en el país, y más en esta parte de este. Tenemos concertada la cita para dentro de una hora. ¿Qué han planeado?*

- *Queremos preguntarle sobre el robo que se produjo hace unos días en Berlín, y ver cual es su reacción. Sospechamos que tiene algo que ver con el robo.*

- *Tengan cuidado* -preocupado, toqueteó el escritorio – *es un personaje vengativo. Los trabajadores de su casa le tienen terror y no es buena gente.*

- *Lo tendremos. Además, usted nos acompañará y eso le frenará.*

Salieron de la comisaría y se encaminaron a los vehículos. Condujeron en dirección noreste hacía Qasr al-Aguz. Al llegar, torcieron hacía la izquierda por un camino polvoriento. Después de dos kilómetros encontraron una gran casa protegida por un muro de adobe. Una verja metálica cerraba el acceso al interior. Junto a ella, un guardia salía de la caseta para darles el alto

-        *Salam aleikum** – El sargento mostró sus credenciales por la ventanilla.

* En el original: Que la paz sea contigo

El vigilante miró la identificación y sin decir palabra, entró en la cabina. Descolgó el teléfono e intercambio unas palabras con su interlocutor. Al colgar, miró al coche y dijo mientras pulsaba un botón para abrir la cancela:

- *Sigan el camino de arena y al fondo a la derecha, aparquen el vehículo.*

El policía tornó la mirada al frente y siguió adelante. Después de aparcar, bajaron y se dirigieron a pie hacia la casa donde les esperaba en la puerta una persona, vestida a la manera tradicional egipcia, muy nerviosa.

- *Buenos días, señores. Síganme, por favor. El señor les está esperando.*

Encabezó la pequeña comitiva al interior y les condujo, a través del vestíbulo hacia el despacho. Allí, de pie, serio y con mirada concentrada, les esperaba un hombre de aspecto amenazador, alto y robusto, de tez cetrina, con unos ojos negros como obsidiana que refulgían con ira. El empleado, con un gesto de la mano nos invitó a pasar a la habitación y tras nosotros, se marchó cerrando la puerta.

- *¡Muy bien! ¿QuÉ quieren ustedes? ¿Por qué se me ha pedido que acceda a esta reunión?* - Espetó bruscamente en árabe, mirando directamente al oficial uniformado.

- *sabah alkhayr sayidi*. Si le parece, hablaremos en inglés para que mis acompañantes nos puedan entender. Tengo entendido que usted lo habla correctamente.*

- *Así es. Bien, ¿A quÉ han venido?*

- *La Interpol nos ha pedido que colaboremos con estos señores por unas informaciones relativas a un robo producido hace poco.*

---

* En el original: Buenos días, señor

- *Si me permite, le presento a la doctora Rebeca Sánchez, la cual viene delegada por el museo nacional de arqueología de nuestro país, como Comisaría de la exposición en la parte que se expondrá en el nuevo museo de Giza.*

- *Buenos días, señor Al-Saidi. Nuestra visita se debe a que, en las investigaciones que se realizaron en Berlín tras el robo de una estatuilla, la Unidad de delitos informáticos encontró una serie de chats sospechosos en los que aparecía una IP que identificamos con usted.*

- *Yo no se nada de IP ni de robos. ¿Cómo saben que es mía?.*

- *Porqué la torre más cercana desde donde emitió se encuentra aquí, en la localidad, y este es un lugar bastante infrecuente para ese tipo de intercambio de información. De todas formas, estoy autorizada por Interpol para, si le parece bien, comprobar en unos minutos si el acceso se produjo desde su ordenador o, por el contrario, la señal le fue clonada.*

- *Por supuesto que no tienen acceso ni a mi ordenador ni a mi casa ni a nada. Soy una persona influyente y no les quepa la menor duda, de que sus superiores serán informados de su desagradable visita.* - Miró alevosamente al sargento - *También me ocuparé de usted en su momento.*

Abrió la puerta del despacho enérgicamente y, con un gesto imperioso del mentón, les señalo el camino a la salida.

Durante la conversación Indy se mostró inquieto mirando en todas direcciones, con el pelo del lomo erizado, mostrando abiertamente su disgusto con el árabe. El grupo, en silencio, se encamino a la puerta que ya tenía abierta el ´ajir*.

Indy se paró en mitad de la estancia y tras oler a su alrededor, se dirigió a la hornacina que ocupaba un lateral del vestíbulo.

* En el original: Lacayo

Se paró frente a ella y maulló. El empleado musitó nervioso.

- *Llévensela por favor alsaada*. Se lo ruego.*

En el exterior, Muhamad pidió a Rebeca que montara en su coche. Esta cabeceó asintiendo. Los demás montaron en el otro vehículo y enfilando la carretera, tomaron la dirección del aeropuerto para regresar a El Cairo. En el coche policial, el sargento decía:

- *Me parece Rebeca, que hoy se ha ganado un gran enemigo. Este hombre es malo. Tiene fama de ser cruel y perverso, y tras lo visto hoy, creo en lo que me habían dicho.*

- *Estaremos prevenidos. La idea era, si no podíamos descartarlo como sospechoso.*

Si se pone nervioso cometerá cometa un error que nos permitirá detenerle.

- *Más que nervioso, yo diría que furioso - El sargento la miró un momento preocupado - Insisto en que tengan cuidado mientras estén en Egipto, por favor. No quisiera que les pasase nada malo.*

- Gracias Muhamad, pero no olvide que tenemos a Indy, y nos hemos enfrentado a peligros mayores**.

- *sawf tatahaqaq may eala'**** - Con el fatalismo tradicional de su pueblo, el sargento se encogió de hombros y siguió conduciendo.

* En el original: Señores
** Véase la novela *La venganza de la bestia*
*** En el original: Que la voluntad de Ala se cumpla

Al-Saidi se movía por el despacho, sin poder contener la rabia que sentía. Habían llegado a su casa. ¡Su casa! y la habían ofendido en su hogar.

No hacía más que pensar de que manera castigar tamaña insolencia. ¡Sí! El hombre gris se encargaría de ellos, y si no lo hacía, no cobraría la segunda parte del contrato. A él también le interesaba que no quedasen cabos sueltos que pudieran acercarlo al radar de la policía, y de esa manera, matarían dos pájaros de un tiro. Él se vengaría de esa joven impertinente y de paso, haría que el hombre gris se manchase las manos con otro delito.

¡Bien! ¡Esperaría su llegada para recordarle quien mandaba aquí!

CAPÍTULO QUINCE
Qasr-Al-Aguz

Al-Saidi salía de la biblioteca cuando se encontró de bruces con el hombre gris.

- *¿Qué hace usted aquí? ¿Cómo ha entrado?*
- *Me hizo un encargo. Le traigo la estatua*
- *Pero tenia que haber llamado antes. ¿Y como ha eludido las medidas de seguridad?*
- *¿No quiere la figura? Me la puedo volver a llevar*
- *No diga tonterías. Sígame*

Se dirigió al fondo del hall y manipuló el busto que se encontraba en la hornacina. Con un tenue chasquido, una puerta se abrió silenciosamente. Entró en la estancia y, tras él, el hombre gris.

Se giró y extendió las manos con exigencia. El hombre gris, pausadamente, envolvió la figura y la depositó en sus manos. Ignorándolo, se dirigió al pedestal al fondo de la habitación y la colocó, casi reverentemente, en el centro de este. La luz cenital proyectada sobre la estatua resaltaba la belleza de sus formas y confería un brillo sobrenatural al oro que acompañaba sus atributos.

- *El encargo está hecho. Espero mañana la confirmación del pago de la segunda parte del contrato.*

- Antes tendrá que hacer una cosa por mí.

- Ya la he hecho. Le he traído su estatua. Ahora quiero que pague.

- Me han estado importunando unos jóvenes europeos que participan en la próxima exposición. Me han llegado a amenazar, ¡A mí! por mi implicación en el robo. Quiero que se encargue de ellos. Además, este encargo le favorece porque así no quedaran cabos sueltos que nos puedan relacionar a usted y a mí.

- No los habría si no se hubiera arriesgado en la red.

- Lo hecho, hecho está. Si no me los quita de encima, no cobrará, y además, el riesgo de que puede ser detectado aumentará para usted.

El hombre gris tensó la mandíbula y un brillo peligroso apareció en sus ojos. Al momento siguiente, con una voz fría y contenida dijo:

- Haré el encargo. Hágale llegar a mi socio el nombre de quien le ha importunado.

Y dándose la vuelta, salió de la estancia y desapareció. Cuando Al-Saidi fue detrás de él, no vio a nadie en el recibidor. ¡Se había desvanecido!

Rebeca y sus amigos se dirigieron directamente a Guiza, al museo nacional. Allí se reunieron con Giuseppe y Rocío y les pusieron al tanto de la entrevista.

- Tendré que seguir buscando en la red conexiones entre Al-Saidi y el hombre gris – decía Giuseppe

- Si. Hay que llamar también a Fabio. Encárgate María de llamarle – Rebeca la miró – *Podrías contactar con tus colegas de la prensa local e internacional por si hay algún rumor sobre la venta de alguna pieza del imperio antiguo. Samir va a contactar con algunos comerciantes y peristas que antes, solían participar en el blanqueo de este tipo de piezas. Yo voy a repasar con el Comisario de*

la exposición el orden en que quiere mostrar las piezas que provienen de nuestros museos, y los videos informativos. ¡Buena caza a todos!

El hombre gris no perdía el tiempo. Al llegar a su hotel, lo primero que hizo fue contactar con su socio y mandarle un mensaje

- El árabe te facilitará un nombre. Investígalo y dame su paradero en El Cairo. Lo necesito para mañana.

En segundo lugar, escribió a Taymullah para comunicarle quién tenía la estatua, donde se encontraba y los detalles que había captado del sistema de seguridad de la finca. También le dijo que esperara quince días antes de hacer nada.

Por último, un intermediario habitual cuando trabajaba en esta zona le consiguió el nombre de dos delincuentes habituales que hacían trabajos por encargo. Le dijo al intermediario también, que dejase caer información en varios de los comercios del gran Bazar donde se vendían piezas de dudosa procedencia sobre una pequeña estatua de la diosa Bastet que circulaba en El Cairo. Le recordó que dejara retazos de información en distintos lugares para que, si alguien la buscará, tuviera que ir uniendo las pistas. Le insistió en que el dato de la ubicación de la estatuilla en el complejo de Saqqara fuera el más difícil de recibir. El intermediario le aseguró que a la mañana siguiente comenzaría a visitar conocidos y mercaderes.

Sabiendo donde se encontrarían esta noche los dos facinerosos, se cambió de ropa y tras encargar en la recepción del hotel que enviasen el sobre por correo, se dirigió al barrio copto de la capital.

Cuando llegó, despidió al taxi y entró en un bar atestado de gente, donde sólo se respiraba el humo de las cachimbas de hachís. Los clientes habituales ofrecían un aspecto amenazador, desaliñados y mal vestidos, algunos de ellos marcados por cicatrices de peleas que no habían ganado. Apartando a un par de ellos que ocupaban la puerta, se dirigió a la barra y pregunto:

- *Esta Fakir?*

- *¿Quién pregunta por él?*

- *Alguien cuyo nombre no quieres conocer* – el hombre gris sonrió torcidamente y su cara adquirió un aspecto siniestro.

El camarero, intimidado por la mirada, miró hacía atrás sobre su hombre y respondió – *En el cuarto de atrás*.

Cuando corrió la cortina y entró, dos hombres levantaron la vista de lo que estaban haciendo y lo miraron fijamente. Uno de ellos alto y delgado, tenía un aspecto demacrado. Una cicatriz que le cruzaba el labio le daba un aspecto feroz. El otro, más grueso y cubierto por una poblada barba, tenía unos ojos pequeños de aspecto porcino, con una mirada sucia, casi obscena.

- *¿Os manda Selim?*

- *Si Syid*. Nos dijo que tenia un encargo para nosotros.*

- *En efecto. Y si lo hacéis bien, tendréis paga extra. Os quiero mañana al atardecer en el complejo de Saqqara, detrás de la pirámide de Unas. Traer material de construcción.*

- *Así lo haremos Syid*

Se dio la vuelta y salió del local, perdiéndose en la noche.

* En el original: Señor

Rebeca, mirando a Indy a los ojos, le preguntó

- *Bien, amigo. ¿No te parece todo un poco raro?*

- *Miauu* – Indy le frotó la nariz con su morro y luego se soltó, yendo a la terraza de la habitación. Una vez fuera, se encaramó al alfeizar y comenzó a maullar.

Comenzaron a aparecer gatos desde varios sitios a la vez, y se fueron acercando, parándose bajo el balcón, y respondieron a los maullidos, provocaron una autentica cacofonía.

- *Por Dios Indy, cómo consigues que acudan todos. ¿Y que os pasa?*

- *¡Miauu!* Y asombrosamente, los gatos se marcharon. Rebeca, incrédula, miraba a la calle y a su gato sin comprender que estaba pasando. Esta aventura le ponía los pelos de la nuca de punta.

CAPÍTULO DIECISEIS
El Cairo

A la mañana siguiente, se reunieron para desayunar juntos antes de encaminarse cada uno por su lado, a realizar las tareas que se habían repartido.

Samir iba al gran Bazar para contactar con antiguos amigos de correrías para conseguir información sobre la posible venta de una figura que representaba a la diosa Bastet. El mercado de antigüedades, aunque perseguido por ilegal por la policía, seguía teniendo clientes muy importantes económicamente, por lo que seguía funcionando.

María se iba a acercar a saludar al corresponsal de Reuters, conocido suyo, para pedirle que interesara de sus contactos información sobre el robo de Berlín, y la posible aparición de piezas en Egipto. Telefoneó también a un compañero del diario Al-Ahram por si había oído algo de los robos y para que la pusiera al día con el mercadeo de antigüedades robadas.

Rebeca se desplazaría a Guiza para contactar con el Comisario encargado de la exposición del gran Museo Nacional. Quería comprobar cómo se ubicaban las piezas procedentes de los museos europeos, y hacer algunas fotos que mandaría a los directores. Lo agradecerían y quedarían tranquilos con respecto a sus cesiones.

De pie, se despidieron saliendo del hotel. Como en días anteriores, una cantidad inusual de gatos esperaban a Indy. Este, majestuosamente se puso en cabeza con la cola erguida y el cuerpo estirado cuan largo era. Los gatos maullaron en su presencia y, tras devolverles nuestro felino el maullido, se desperdigaron.

- Lo veré todos los días y no acabaré de creérmelo. ¡Parece cosa de brujas! - Comentó Giuseppe

- O de dioses antiguos - respondió Rebeca ensimismada.

- ¿No te estarás sugestionando por la historia de Bastet, ¿verdad?

- No, pero no dejo de pensar que algo extraño puede suceder en cualquier momento. En fin, a lo nuestro. Nos vemos a la tarde.

Atardecía sobre Saqqara. El hombre gris se encontraba en la parte posterior del complejo funerario de Djoser, detrás de unas rocas junto a un pequeño palmeral. En el horizonte, una nube de polvo avisaba de la llegada de un vehículo. A poco más de cincuenta metros, una vieja camioneta con la caja abierta aparcó en medio de unos árboles. De ella descendieron los dos malhechores que había contratado la noche anterior.

Cuando se encaminaban a la parte posterior de la pirámide de Unas, les salió al encuentro.

- Coged pico, pala y los tacos de madera que he dejado allí. Luego seguidme

Sin una palabra, obedecieron sus indicaciones y tras sus pasos, se encaminaron a una pequeña abertura que daba acceso a la pirámide. Dentro, el hombre gris saco una potente linterna de la mochila y se adentró en el pasillo principal.

Tras atravesar varios cruces y encontrándose ya en pasillos secundarios, llegó a una estancia con paredes policromadas, que habían perdido hacía tiempo el esplendor que tuvo en su creación. Algunos fragmentos de cerámica se veían por el suelo. Un pequeño banco de piedra circundaba dos lados de la sala. Apuntando con la linterna a la base de la puerta de entrada, dijo a los árabes

- Quiero que vayáis picando la piedra poco a poco para desgastarla y que vayáis encajando los tacos de madera que os traje. Conforme avancéis en el rompimiento de la piedra, ir estabulando el ladrillo de arriba con el de abajo, sin exagerar la estabulación. Lo mismo para el otro lado de la puerta. Volveré en 4 horas. No eliminar toda la piedra sin que esté yo presente.

- Si Syid

Y sin más preámbulos, se pusieron a trabajar en la pared. Mientras uno, con el pico, iba sacando esquirlas de piedra del ladrillo, su compañero lo arrastraba fuera con la pala y metía los escombros en un capazo.

Cuando había quitado unos diez centímetros de piedra, cogió un taco de madera y lo insertó ajustándolo con golpes de una maceta. Cambiaron sus puestos y el compañero siguió golpeando la piedra para romperla y sacarla del vano.

Tres horas más tarde, casi habían acabado con el trabajo. Buscaron el camino de salida y esperaron al hombre gris fumando un cigarrillo. Cuando llegó, sin decir nada, se introdujo en la pirámide. Los dos sicarios tiraron las colillas y se encaminaron tras él.

Al llegar a la sala, observó el trabajo y cabeceó afirmando:

- Poner estos cartones en las dos esquinas para que parezca que el ladrillo está completo. Con la oscuridad no se notará la diferencia.

Antes, centrar el taco a la mitad de los bloques hacia la parte de fuera, para que sean fáciles de eliminar.

- *Si Syid*

Hicieron lo ordenado en los dos bloques y recogiendo el material desanidaron el camino. Al llegar al pasillo principal, el hombre gris levantó la mano.

- *Comenzad a cavar un hoyo de al menos tres metros. Dejar quince centímetros a cada lado del hoyo y que tenga una longitud de tres metros.*

Pasando al otro lado de donde había señalado, se apoyó en el muro lateral y observó como trabajaban. Los árabes comenzaron sin hablar a picar y retirar tierra del suelo con el pico y la pala. Media hora más tarde, dentro del agujero, mientras uno removía la tierra para ganar profundidad, el otro iba con la pala llenando el capazo y trepando por una cuerda que había dejado enganchada en lo alto, volcaba la arena a lo largo del pasillo y en habitáculos próximos para disimular su acumulación. Volvía a bajar y repetía la operación, turnándose entre ellos para no agotarse. Cuando terminaron el agujero, alisaron las paredes laterales para que no quedasen puntos de apoyo.

Dos horas más tarde, el hombre gris se asomó al interior del agujero. Abajo los dos árabes sudaban profusamente dentro de sus chilabas. El foso estaba terminado y las paredes, lisas, no tenían ángulos ni resaltes donde sujetarse. Habían dejado tiradas rocas de distinto tamaño, con las aristas más aguzadas hacía arriba, haciendo más dañina la trampa.

Mirándoles les dijo:

- *Subid por la pared. Nos vamos de aquí. No dejéis nada en la pirámide.*

Los dos ladrones taparon el foso con una lona tintada con el color de la arena y disimularon sus bordes. Cogieron el material y salieron de la pirámide.

Una vez en el exterior, el hombre gris señaló la camioneta

- *Dejad los aperos en el interior y acercarla para cargar material.*

Cuando se dieron la vuelta y se encaminaron al vehículo, el hombre gris saco una pistola con silenciador de su mochila y apuntándoles a la espalda, les disparó. Los dos cuerpos cayeron al suelo sin un gemido. Se acercó a ellos y, cogiendo de la mano del conductor las llaves, se dirigió a la camioneta, la arrancó y acercó donde estaban los cadáveres. Uno a uno, los cargó en la caja y los tapó con una lona. Dejó dentro también el material empleado para preparar la trampa. Abrió la puerta del vehículo, lo arrancó y se encaminó al noreste en dirección al desierto.

Cuando se había adentrado unos dos kilómetros en el interior, paró el motor. Descendió y dejó las dos puertas abiertas. Cogió un trapo del interior de la caja y lo introdujo en la boca del depósito de la gasolina. dejando un trozo fuera. Con un mechero, prendió fuego al pedazo de tela y sin volver la vista atrás, se encamino volviendo el camino recorrido.

No habían pasado tres minutos cuando una explosión retumbo a su espalda. Se giró y vio como una gran llama se elevaba a los cielos. La camioneta ardía completamente. En poco tiempo, los cadáveres estarían calcinados e irreconocibles y no quedarían pruebas de su implicación. Girándose de nuevo, siguió andando por la arena en dirección a Guiza.

Rebeca y sus amigos se habían reunido a comer junto al antiguo museo nacional. La plaza Tahrir estaba abarrotada de gente al mediodía. Grupos de personas vestidas con las tradiciones chilabas hablaban en voz alta en distintos corros. A su alrededor se movían hombres y mujeres dirigiéndose a sus quehaceres. Algunos niños jugaban junto a la fuente. Los coches producían una cacofonía de sonidos al tocar la bocina continuamente. Las bicicletas y motos se metían por el medio sin respetar ni a peatones ni a vehículos.

Giuseppe comenzó la reunión

- *Sigo buscando en la red, pero el hombre gris es más escurridizo de lo que pensaba. No consigo ubicarlo ni conseguir información sobre su nombre real.* - Samir intervino

- *Quizás yo tenga mejores noticias. He estado en el gran Bazar y algunos informantes me han dicho que circulan rumores sobre una estatuilla de la diosa gato que se encuentra en El Cairo.*

- *¡Eso es un notición! Ahora si tenemos algo físico que seguir.* - se emocionó María

- *Si* - continuó Samir - *Aunque tengo que profundizar más. Llamaré a unos familiares que conocen el submundo de la compra y venta de antigüedades robadas, por si pueden concretar más la información.*

- *Bien* - Rebeca que alzó un dedo, puntualizó - *que Samir insista en encontrar el origen de los rumores y ver cuánto de cierto tienen. María, insiste con tus colegas, sobretodo, para refrendar o desmentir la información de Samir, y si puedes descubrir algo más de Al-Saidi nos puede ser de utilidad en el futuro. Guiseppe, contacta con Fabio y el Comisario Faisal para ponerles al día. No nos guardemos ninguna información. Vamos a almorzar y luego continuamos.*

Indy, que había estado sentado a su lado, mirando a los jóvenes girando la cabeza a uno y otro lado, soltó un largo maullido.

- *Si amigo, si* - Rebeca le rascó la nuca - *Parece que de nuevo estamos en medio de una gran aventura.*

Y el grupo se rió abiertamente relajando la tensión de esos días pasados.

CAPÍTULO DIECISIETE
El Cairo

La exposición avanzaba a pasos agigantados. Durante los siguientes dos días, todo el grupo estuvo volcado en sus diferentes tareas. Esa noche, tomando café en la terraza del hotel tras haber cenado en el hotel, pusieron al día los datos que habían recabado de sus contactos. Samir inició la conversación.

- *Me han confirmado mis familiares que, en efecto, ha aparecido en la zona de El Cairo una pequeña estatua que corresponde a la diosa Bastet, y que esta debe ser muy antigua. Son sólo trozos de información aquí y allí, pero si la he interpretado bien, los ladrones la deben haber escondido en Saqqara, donde está la pirámide escalonada. Sigo buscando para definir más el sitio en concreto.*

- *Esa es muy buena información. Si os parece bien, mañana por la mañana iremos Samir y yo a tener una conversación con un comerciante que conozco, y al que le gusta mucho lo ajeno. Y si tenemos algo fijo, por la tarde, nos desplazaremos a Saqqara a ver que nos encontramos.*

- *Bien* - Giuseppe cabeceó asintiendo - *yo seguiré buscando información del hombre gris. Creo que es importante para saber bien con quién nos enfrentamos.*

- *De acuerdo pues* - le respondió Rebeca *-disfrutemos del café y a descansar. Mañana puede ser día duro.*

Frente a ellos en la plaza sentado en un banco, ocupado aparentemente en leer la prensa a la luz de una farola, el hombre gris, enfrente del hotel, veía al grupo conversar animadamente.

Desde hacía algo más de un día, les había puesto una vigilancia discreta para que, si se producía algún movimiento extraño se lo comunicasen en seguida. Le había dado la señal al intermediario para que el lugar de ubicación de la estatua se dijera al que preguntara por ella. Por la mañana, iría de compras al Jalili. Así, podría cerrar la trampa.

Viendo que el grupo se levantaba y se encaminaba de vuelta al interior del hotel, también se levantó y paseando se alejó de la plaza en dirección a la Corniche, donde se perdió entre el gentío al anochecer.

Ya era bien entrada la noche cuando Al-Saidi recibió una llamada

- *Si*

- *Soy yo* – El hombre gris no se explayó más – *En uno o dos días, usted no tendrá que volver a preocuparse por los jóvenes que le importunaron. Mañana a mediodía quiero ver el segundo pago en la cuenta. Si mi socio me dice que no lo ha realizado, mi siguiente visita a su casa no será tan amistosa como la anterior, y no me verá llegar.*

- *¿Me amenaza?* – Al-Saidi comenzó la frase irritado.

- *No* - le cortó tajante – *Sólo le digo lo que va a pasar. Pague y desde pasado mañana, despreocúpese de su problema, pues estará solucionado.*

Y sin esperar respuesta, el hombre gris corto la llamada y tiró el teléfono sobre la cama de su habitación.

Rebeca, en su habitación, revisaba las notas del día. El caso era enrevesado y no tenían gran cosa. Lo último que había aparecido era también sospechoso por como se había producido. Sin información en semanas y, de pronto, sale a la luz la noticia de la estatua. Podría ser una trampa, aunque tendrían que seguir el hilo de igual forma.

Miró a su alrededor y no vio a Indy. Éste, estaba en la terraza sobre el pretil, maullando hacía la calle. Se asomó a su lado y observó como la calle se había llenado de gatos de todos los colores. Sentados, tumbados o correteando, todos ellos escuchaban a su gato y cuando acabó, le respondieron con unos maullidos desgarradores. Cuando terminaron, Indy volvió a maullar y los gatos se dispersaron.

Rebeca miró extrañada a su gato le dijo:

- *Todo esto me parece extraño, y tú, más extraño todavía. ¿Qué te pasa con estos gatos?, ¿Y por qué te hacen tanto caso?*

Indy le miró con esos ojos grandes y brillantes que le ponía cuando trababa algo, y maulló en tono grave.

- *Bueno. Sea lo que sea, lo descubriré*

En el desayuno, Rebeca les comentó lo que había pasado la noche anterior en su habitación. Los chicos miraron extrañados a Indy, el cual permanecía sentado y erguido al lado de su dueña.

- *Lo cierto* – Comenzó Rocío con la tostada en la mano – *es que desde que supimos de la estatua de Bastet, el comportamiento de Indy es raro. Parece como si estuviera imbuido del espíritu de la diosa.*

- *No comencemos por ese camino* – Rebeca miró al gato – *Se comporta raro, sí. Y además tenemos lo de los otros gatos. Igual es sólo la influencia del ambiente.*

- *Así es* – María intervino con la boca medio llena – *En Egipto ya sabéis que los gatos son sagrados, por eso, hay tantos. Se les considera protectores del hogar y ya en la antigüedad era el protector del dios Ra. Pero no nos hagamos películas raras con esto.* – Se rascó la coronilla pensativa – *Aunque hay que reconocer que lo que le está pasando aquí a nuestra fiera favorita es raro.*

- *¡Miauu!* – Indy saltó sobre la mesa y se acercó a María.

- *No cuela. No te voy a dar más de desayunar porque vas a reventar.*

- *¡Fruuhh!* – Muy dignamente y tras bufar a la joven periodista, retorno a su lugar junto a Rebeca.

La carcajada en la mesa fue generalizada.

El resto de la mañana se pasó rápido ultimando los preparativos de la gran exposición. Rocío se estaba encargando de finiquitar los detalles en el antiguo museo nacional y realizaba un gran trabajo. Giuseppe la supervisaba de vez en cuando y remataba los video informativos de las distintas secciones de las que se componía la muestra.

Ya habían comenzado a comer en un kebab de la zona cuando apareció a la carrera Samir.

- *¡Tengo novedades!* – Salto al taburete y casi sin respirar comenzó a hablar

- *Un primo mío me ha dicho que en la tienda de Mustafáh, un viejo conocido, que antes se dedicaba a saquear tumbas, ha oído decir que en la pirámide de Unas hay escondido un tesoro muy valioso. Se me ha ocurrido que podría tener relación con la estatua que estamos buscando.*

- *Es una buena pista. ¿Sabes algo de María?*

- *Me ha llamado. De momento, no tiene informaciones concretas. Esto nos deja la pista de Saqqara como la única a seguir.*

Un árabe, aparentemente leyendo un diario, vigilaba la terraza del comedor del hotel. Tenía orden de avisar si el grupo se comportaba de manera extraña. La llegada de un joven egipcio había provocado una conmoción en el grupo. Decidió esperar antes de hacer la llamada.

Rebeca colgó el teléfono. Había llamado al ministro de antigüedades para pedirle hacer una visita al atardecer a las ruinas del complejo de Saqqara. Argumentando que durante el día era muy complicado el acceder por el montaje de la exposición, había pensado en desplazarse a la tarde con sus compañeros para enseñarles un poco la pirámide de Djoser y los aledaños.

El ministro les ofreció escolta, pero Rebeca la rechazó alegando que no estarían mucho rato y prácticamente no se moverían de la parte principal. No creía que mereciera la pena mover efectivos para tan poco rato. Agradecido en el fondo por no tener que solicitar más recursos de los que ya estaba utilizando, accedió pidiéndole a Rebeca que tuvieran cuidado con las irregularidades del terreno y con los túneles. No quisiera que un accidente ensombreciese la magnitud del evento que iba a acontecer en breves fechas. Dándoles las gracias de nuevo por sus palabras, se despidió de él. A continuación, marcó el móvil de Samir y le dijo:

- *Samir. Ya tenemos la autorización. Recógenos esta tarde a las seis en la puerta del hotel. ¡Vamos a explorar Saqqara!*

CAPÍTULO DIECIOCHO
Saqqara

Faltaban unos minutos para las seis de la tarde, cuando la furgoneta de Samir apareció en la plaza Tahrir. Tocando la bocina, paró con un frenazo junto a las escaleras de hotel donde ya estábamos todos esperando.

- *Vamos a ir a Saqqara Samir, María, Rocío y yo* – Rebeca se puso a organizar el grupo.

- *¡Miaauuuh!*

- *Y tú también gato pesado. No te iba a dejar aquí.*

- *¿Porqué no viene Giuseppe?* – preguntó Roció.

- *Nos hace falta alguien que quede aquí para continuar con las pesquisas sobre el hombre gris, y Giuseppe es el más capacitado. Además, debe quedarse uno por si pasase algo. Él puede darle a la policía donde nos encontramos para que nos busquen si pasase algo.*

- *Ya empezamos en plan agorero* – María la miró curiosa – *¿Crees que va a pasar algo?*

- *Espero que no pase nada, y si tenemos suerte, encontraremos la figurilla. Pero si no volvemos esta noche, Giuseppe alertará a las autoridades. ¡En marcha!*

Montaron en sus asientos. Samir arrancó el vehículo y se incorporó al tráfico en dirección suroeste, buscando la autovía de las pirámides.

Frente al hotel, en el parque, un árabe aparentemente descansando en un banco, sacó un móvil de su chilaba y tras marcar un número, dijo algunas palabras por teléfono. Luego, se levantó y se marchó mezclándose con la multitud que se encontraba en ese momento en la plaza.

El hombre gris colgó tras escuchar a su interlocutor. Había llegado la hora. Levantándose del sillón de su habitación, cogió una chaqueta y su mochila y salió de esta.

Fuera del hotel, paró un viejo taxi y le dio una dirección en la ciudad de Guiza. En pocas horas – pensó distraído mientras miraba a través de la ventana el gentío a su alrededor – todo habrá acabado.

Samir conducía a través de la autovía buscando la salida en dirección a la ciudad. Rebeca, sentada a su lado, iba callada abstraída en sus pensamientos: recordaba una conferencia a la que asistió en la que el ponente explicaba - Guiza es de todas las ciudades de Egipto, la única que puede presumir de tener tres monumentos del esplendor del Imperio Faraónico, a saber, las pirámides de Keops, Kefren y Micerino; la gran esfinge, y el complejo funerario del faraón Djoser.

Era irónico - pensaba Rebeca - que bien por el destino, o ya que estamos en esta tierra antigua, por el designio de los dioses, fuera en Saqqara donde quizás pusieran fin al enigma del robo de la estatua. La existencia de un santuario donde se veneraba a la diosa Bastet, el Bubasteo, aquí cerca, da a pensar sino será la misma diosa la que ha hecho que todo confluya aquí, donde su poder es más fuerte. Con un enérgico movimiento de cabeza desterró esos pensamientos.

Había leído en foros arqueológicos que se creía que, bajo la pirámide de Unas - ó Unis como también se le llama - existía un vasto y complejo entramado de túneles y salas, de las cuales se habían descubierto escasamente un par de niveles, quedando por abrir y explorar más bajo de los existentes. Esperaba que la pista conseguida en el gran Bazar les permitiera encontrar la figura, y no fuera muy complicada su búsqueda.

Cuando al fin llegaron a la explanada donde se abría el complejo funerario, bajaron del vehículo, comprobaron el material de sus mochilas y se encaminaron al interior. del mismo. Nada más abrir la puerta, Indy saltó del regazo de Rebeca, y en la arena, comenzó a maullar con fuerza. De pronto, aparecieron una decena de gatos de varios sitios a la vez, que se acercaron a él respondiendo a sus maullidos. A lo lejos, otros animales se iban acercando.

- *No me lo puedo creer* -Roció se rascó el cogote perpleja - *¿Cómo ha hecho esto? ¿Y de dónde salen estos gatos?*

- *No lo sé* - Rebeca miraba a Indy y sus nuevos amigos extrañada - *Todo el viaje se ha comportado de una manera rara. Alguien más crédulo que nosotros pensaría que está imbuido del espíritu de la diosa.*

- *¡Anda ya!* - María era la más escéptica de todos - *Al final va a resultar ser la representación viva de Bastet.*

- *Sea lo que sea, es muy inusual.* - Rebeca caminó hacia el comienzo de la avenida -*enga, sigamos adelante.*

Frente a ellos, se alzaba la pirámide escalonada, el monumento principal de la zona. Cogieron el camino de la izquierda y dejando la gran estructura a la derecha, fueron por un camino que atravesaba distintas mastabas y lleva directamente a la puerta de la pirámide de Unas en dirección oeste. Al llegar a esta, giraron al norte donde estaba la entrada.

Evocó lo que sabía de la pirámide. Esta, llamada también "Hermosos son los lugares de Unas", fue edificada en la V$^\text{a}$ Dinastía y fue una de las estructuras más importantes de su época, pues en ella se encontraron los denominados textos de las pirámides, considerado como el primer manuscrito religioso de la humanidad.

Llegaron a una pequeña rampa descendente que señalaba la entrada al interior. Cuando llegaron abajo, se pararon ante una puerta enrejada cerrada con una cadena y un candado. Con la llave que le había hecho llegar al hotel el ministro, Rebeca abrió la cerradura y señalando al interior dijo:

- *A partir de ahora, id con cuidado.*

En el amplio vestíbulo, sacaron las linternas y una extraña procesión de personas y gatos, encabezada por Indy y Rebeca atravesó el patio columnado y penetró en el santuario. Una inscripción jeroglífica se podía leer frente a nosotros en la puerta de acceso al interior

Hermosos son los lugares de Unas

Samir sacó de su mochila un paquete de antorchas. María le miró extrañada

- *¿No tienes linterna?*

- *Sí* -Le respondió sonriente - *pero los antiguos egipcios iluminaban los interiores con antorchas y nos vendrán bien también para señalar el camino que seguimos. Las iré colocando de cuando en cuando y obtendremos un iluminación extra.*

El joven extrajo un mechero de la mochila, prendió fuego a la tea y la insertó en un hueco entre dos bloques. Una luz amarillenta se expandió a lo largo del muro.

- *¿Veis?. La luz de la antorcha, aunque sea más tenue que la del foco, nos da unos metros de alcance que nos facilita la visión del entorno.*

- *Bien* - Rebeca asintió - *Comencemos a explorar.*

Las paredes se hallaban cubiertas en algunos puntos de bajorrelieves de luchas que el faraón había mantenido con los nubios y libios. Con Indy y algunos gatos en cabeza, avanzaron por el corredor tras el que se abría un vestíbulo, y continuaba de nuevo el corredor.

Giraron al final del pasillo llegando a un lugar con tres puertas de acceso que se abrían a una serie de nichos y a una cámara mortuoria. Descendieron por un rampa que los adentraba más en el interior de la edificación y que tenía aspecto de no haber sido explorada al descubrir restos de cerámica esparcidos por el suelo de los nichos que atravesaban. Más bajorrelieves mostraban escenas del esplendor del faraón en sus campañas, y fragmentos de textos conteniendo fórmulas religiosas. Samir había ido colocando antorchas a lo largo del recorrido.

La negrura no permitía visibilidad salvo la que se conseguía con el foco de las linternas. Fuera de su halo, se acentuaba y confería al entorno un aspecto siniestro.

- *¡Miaaauuh!* De pronto Indy se paró en seco. Junto a él, los gatos hicieron lo mismo. Rebeca casi se tropieza y tras ella, todos los demás se fueron apelotonando.

- *¿Que pasa?* - Rocío, que iba la última, empujó a María al frenarse esta de golpe.

-*No lo sé* - Rebeca miró extrañada al felino

- *Miaauuh* - Indy agachó la cabeza y olisqueó el suelo delante de ella. Los demás gatos a su lado, se pusieron a hacer lo mismo.

- *Samir* - Rebeca llamó a su amigo - *Alumbra aquí con una antorcha, por favor. La luz tiene un radio más amplío. No sé qué ve Indy, pero algo no anda bien.*

- *Ya estoy aquí* - Encendiendo la antorcha, se arrodilló junto a Indy y la bajó a un par de palmos del suelo. Observando con detenimiento, tocó el suelo y giró la cabeza hacía Rebeca.

- *Aquí hay como una junta, el suelo no es uniforme.* - Rebeca se agachó junto a él y limpió alrededor de donde señalaba. Una pequeña línea de tela se distinguía del resto del suelo. Siguiendo la línea, llegó a la esquina y metiendo dos dedos por debajo, levantó ligeramente al paño y con la linterna alumbró al interior.

- *Aquí hay un agujero. Vamos a intentar bordearlo.*

Palpando cuidadosamente, encontró los bordes de la tela y vio como quedaba un margen de algo más de un palmo a cada lado. Se giró y dijo:

- *Pasaremos de uno en uno, pegados a la pared. Tened mucho cuidado donde apoyáis los pies.*

Ella misma inicio el paso pegando la espalda a la pared, y moviendo lentamente los pies. Después uno a uno, el grupo fue pasando. Incluso los gatos, con Indy al frente, se pagaron al lateral del pasillo para avanzar con cuidado.

- *Esta trampa podría estar ahí desde hace miles de años* - María miró atrás asustada

- *O haber sido puesta hace poco* - Respondió Rebeca. La tensión se notaba en su cara - *Tengamos cuidado. Si no es por Indy, hubiéramos caído dentro.*

Después del susto anterior, el grupo siguió penetrando en el interior de la pirámide, girando a izquierda y derecha cuando el pasillo se terminada, atentos a cualquier irregularidad. Al final del último corredor, una abertura se abría a la izquierda.

Entraron en una sala grande, decorada casi por entero con bajorrelieves de la vida cotidiana del faraón, mostrando escenas en las que los sirvientes servían la comida mientras grupos de bailarinas se movían al son de las canciones que interpretaban los músicos. Un zócalo de unos quince centímetros de altura rodeaba la parte baja de la sala. Sobre él, pequeños shabtis* se encontraban distribuidos a su alrededor.

A la derecha, una pequeña barca de Ra dorada descansaba junto a unos vasos canopes. Frente a la entrada, en la pared del fondo, se veía una estatua de la diosa Bastet sentada, con pose regia.

Los jóvenes dieron un respingo a la vez

- *¡La hemos encontrado!*

Una voz a su espalda respondió

- *Y yo a vosotros*

---

* Figuras momiformes, a imagen del difunto, portando una azada y, a veces, un saco a la espalda hechas generalmente de fayenza, madera o piedra, aunque los más valiosos estaban tallados en lapislázuli

CAPÍTULO DIECINUEVE
Saqqara

El grupo dio un respingo al oír la voz y se giraron al unísono. En el umbral de la puerta se encontraba un hombre con las piernas abiertas y un macetón en la mano izquierda. Todo en él era borroso y al mismo tiempo amenazador. Su indumentaria no llamaba a mirarlo dos veces y, sin embargo, el brillo de sus ojos, sí refulgían con maldad. Un sombrero de ala ancha, que caía sobre su frente apenas permitía vislumbrar la dureza de su mirada.

- *Tu eres el hombre gris* – Afirmó Rebeca más que preguntó.

- *En efecto. Parece que me han bautizado con ese nombre. Y tú debes ser la investigadora del museo que ha puesto nerviosa a tanta gente.*

- *Solamente a aquellos que han cometido algún delito.*

- *¿Por qué estás aquí?* – Rebeca no perdía sus ojos de vista.

Indy y los demás gatos, se habían acercado curiosos hasta un par de metros de distancia del hombre. Escuchaban la conversación mirando a uno y otro lado, como si esperasen alguna reacción de alguno de los participantes.

- *Espero que os guste mi regalo. Lo compre o hace mucho en el gran Bazar. La verdadera estatua de la diosa no la encontraréis jamás* – El grupo le miró con odio. Samir dio un paso adelante

– *Yo que tú no lo haría* – el hombre gris fijó su mirada en él y algo hizo que Samir se detuviera en el acto, como si una mano invisible se hubiera posado en su pecho. Continuó hablando – *Habéis puesto nervioso a mi cliente y me ha pedido, explícitamente, que me ocupase de vosotros. No me habéis causado ningún daño, pero no puedo permitir que sigáis investigando. Podríais llegar a conocer mi identidad, aunque fuera casualmente. Os respeto, aunque el destino nos haya puesto en lados opuestos. Por eso, voy a dejar que seáis vosotros quienes decidáis vuestro futuro.*

Sin una palabra más y sorpresivamente, cogió el macetón con las dos manos y golpeó con fuerza ambas bases de la entrada. Milagrosamente, lo que parecía granito se deshizo como si fuera plastilina y donde antes se veía piedra, ahora había un hueco que, por presión, estaba hundiendo los bloques de arriba amenazando con caer sobre la puerta y obstruir esta.

- *¡A por él Indy!* – Rebeca señalo al hombre gris y, como un rayo, Indy se lanzó sobre él, y los demás gatos como si fueran una continuación de nuestro minino, fueron tras él.

El hombre gris giró y salió corriendo por el corredor seguido de la manada de gatos, todos ellos maullando furiosos. Nada más pasar los felinos, la puerta se vino abajo con estrépito y bloques de piedra maciza bloquearon la salida.

- *Nos hemos quedado encerrados. Y nadie sabe dónde estamos* – Rocío miraba a todos los lados asustada.

- *Guiseppe está en el hotel y sabe que veníamos a esta pirámide* – Rebeca la cogió por los hombros, la agitó y miro fijamente – *Respira hondo y tranquilízate. Hemos de pensar como salir por nuestra cuenta.*

- *Pero no se puede* – se quejó María – *Estos niveles están inexplorados y las cámaras no tienen salidas para evitar a los saqueadores de tumbas.*

- *En la V Dinastía* – Rebeca la miró – *los grandes arquitectos tendían a construir una entrada falsa, lo que los informáticos llaman ahora "una puerta trasera", porque no sabían cuando el faraón podría querer cambiar algo de lo que se quería llevar al Aaru*.*

- *Y eso a donde nos lleva* – Samir la miró esperanzado. Sabía por aventuras anteriores que Rebeca era una mujer de recursos.

- *A buscar, piedra por piedra si hace falta, alguna señal que nos indique que puede haber un mecanismo de apertura de esta sala.*

Tranquilizados por las esperanzadoras palabras de Rebeca, el grupo se dispersó por el habitáculo buscando algún signo que les mostrase una puerta oculta. Rebeca los miró y deseó que sus palabras no fueran al final más que un buen epitafio.

El hombre gris corría delante de una manada de gatos que le perseguían furiosos. Miraba hacía atrás continuamente porque ya algunos felinos se habían acercado lo suficiente como para arañarle en las mangas y perneras. Llevaba las prendas con jirones por los que salían finos regueros de sangre. Los animales se lanzaban como si estuvieran poseídos a las paredes, para desde allí, saltar su cuerpo.

No comprendía que había pasado. Todo el plan que había preparado se había venido abajo por este súbito desenlace. El gato de la joven iba el primero y ya le había ocasionado heridas en las dos piernas con sus afiladas garras. Más gatos aparecieron en los corredores laterales que atravesaba y se unían a la persecución.

* En el original: El paraíso para los egipcios

Al llegar al final del corredor, giró a la derecha y al poco tiempo a la izquierda. Notaba el cansancio producido por la carrera desaforada y la presión de los felinos que le acosaban sin darle un momento de respiro. Los tenía prácticamente encima. Alcanzó una rampa que le llevó al nivel superior. En el nuevo piso, tras una corta carrera, vio al final del tramo una tenue luz que señalaba que la galería torcía la derecha. Un dolor agudo en el brazo izquierdo le hizo maldecir al gato que le había arañado. Tropezó con el muro y giró a la derecha, corriendo sin cesar ni dejar de mirar atrás. Cuando tornó la mirada al frente, un destello de esperanza brilló en sus ojos. Al fondo le pareció ver una zona que creía reconocer.

De pronto, se dio cuenta que corría por el centro del corredor donde había preparado la primera trampa para los jóvenes. Sin tiempo para parar, con los gatos bufando ya casi sobre su espalda, decidió coger impulso y saltar para librar el agujero que sabía estaba delante.

Cuando llegó a la altura donde creía que comenzaba la trampa, con un fuerte impulso saltó. Los gatos se lanzaban contra él desde las paredes laterales, tomando impulso y rebotando para alcanzar partes de su cuerpo y clavar sus garras.

Al caer, sintió que el tobillo se le doblaba y fue consciente de que no lo había logrado. había calculado mal la longitud del foso y al pisar mal, resbaló hacía atrás y cayó dentro junto a la lona que se embarullaba en sus pies. Con un fuerte chasquido golpeó contra las rocas que habían dejado repartidas en la base de la trampa.

Notó como sus costillas se rompían produciéndole un intenso dolor que no le permitía respirar. Con espuma sanguinolenta en las comisuras de los labios y malherido, torció la cabeza y vio sus piernas giradas en un ángulo extraño.

- *Estoy acabado* - pensó mientras intentaba hacer llegar algo de aire a sus pulmones dolorosamente - *con las piernas rotas y los pulmones perforados no saldré de aquí nunca.*

Los gatos habían rodeado la trampa y le miraban desde lo alto fijamente. El extraño gato de la joven, con sus intensos ojos azules, parecía querer comunicarse con él.

- *No se si ha sido el karma amiguito, pero tú y tu diosa habéis sido mi maldición* - Apenas podía moverse cuando musitó esas palabras.

- *Miaauuh.* El gato pareció responderle.

- *Si Al-Saidi no hubiera sido un bocazas, todo esto no habría pasado. Me queda el consuelo de saber que pronto me reuniré con él en el infierno.*

Y con un último aliento, pereció.

CAPÍTULO VEINTE
Saqqara

Rebeca y sus amigos estaban recorriendo todo el perímetro de la habitación buscando algún signo que mostrase la existencia de una puerta o abertura. Rocío, nerviosa, se sentó en el zócalo y puso la cabeza entre las manos sollozando.

- *¡No te vengas abajo!* - María le animó - *Cuando la bestia nos acorraló en la fabrica*, lo pasamos peor y ya ves, seguimos vivos.*

- *Si, pero como saldremos* - insistía

- *Como siempre. Con cabeza y pensado con lógica. Tiene que haber un mecanismo que abra alguna salida. ¡Estoy segura!* - Rebeca cabeceó afirmando como si así se animase ella misma.

- *Pero hemos mirado todo* - repetía Rocío.

- *Pues volveremos a mirar. Samir, mira en el muro izquierdo, Rocío, repite el muro derecho. Los dos comenzando en los escombros de la entrada y terminando en el zócalo frontal. Tú María, empieza por el lado izquierdo del zócalo frontal y yo buscaré en el derecho, terminando ambas en la estatua de Bastet. ¡A por ello, vamos!*

Durante un rato no se oyó nada más que los ruidos que hacía los muchachos cuando barrían arena para concretar algún detalle de los bloques que observaban tan detenidamente.

* Véase la novela *La venganza de la bestia*

De pronto, María se quedo quieta y alzó el índice de su mano derecha

- ¡Escuchad! - El grupo se paralizó y desplazó sus miradas a la periodista. - *¿No oís como un ruido que se repite?*

- *Yo no oigo nada* - Samir la miraba perplejo.

- *Un momento* - Rebeca levantó la mano - *Aquí parece escucharse algo* - calló un momento y exclamó asombrada - *¡Suena como un maullido!*

- *¿Dónde?* - María, Rocío y Samir se acercaron a ella.

- *Aquí, cerca de la base de este bloque.*

- *¡Déjame sitio!* - Samir se metió entre las chicas junto a Rebeca y acercó el oído a la pared - *Si parece oírse algo. Dejadme probar algo.*

Se levantó y fue hasta su mochila, sacando de esta una antorcha y volviendo donde estaba el grupo.

- *¿Qué vas a hacer?* - preguntaron las muchachas

- *¡Ahora verás!* - Arrodillándose junto a Rebeca, se acercó al bloque y prendiendo fuego a la tea, la acercó al mismo. La llama empezó a fluctuar y, como si de magia se tratara, se inclinó hacia la pared - *¡Es lo que pensaba! Hay una corriente de aire por eso la llama se mueve y quiere buscar la rendija. Detrás de esta pared hay un hueco. ¡Debe ser la salida!*

- *Hazme un favor. Pon la antorcha encima de mí, sobre el granito* - Pidió Rebeca a Samir.

Se agachó casi al nivel del suelo, y encendió su linterna. Un potente y concentrado haz de luz iluminó el bloque de piedra. Rebeca fue mirando muy despacio, prácticamente cada grano que conformada la piedra tocando suavemente con sus dedos la superficie de esta. Súbitamente, se paró y exclamó

- *Aquí noto una irregularidad. ¡Agachaos!*

El grupo se arracimó a su alrededor y miraron el punto que ella señalaba. En efecto, en la base inferior izquierda del bloque, la superficie regular mostraba una pequeña irregularidad, casi imperceptible. Rebeca giró el cuello y le dijo a Rocío

- *Acércame una lupa que llevo en mi mochila.*

Cuando volvió su amiga con ella, Rebeca se inclinó y, colocando la luz de la linterna cenitalmente para que reflejara hacía abajo el foco, miro a través de la lupa la irregularidad que las yemas de sus dedos habían percibido.

- *Es como un dibujo pequeño, un jeroglífico. Espera un momento ..... ¡Son las iniciales de las letras A y B!*

- *Los Asesinos de Bastet* - exclamaron todos al unísono - *Luego ellos estuvieron aquí*

- *Y posiblemente preparasen una puerta falsa para sus planes secretos.*

- *Sí* - Rebeca reflexionó - *Acordaos que estamos junto a un santuario de la diosa Bastet, donde enterraban las momias de los gatos. No sería de extrañar que aquí hayan celebrado ritos ocultos.*

- *Veamos qué pasa si presionamos los símbolos* - Y sin esperar más, Rebeca puso un pulgar sobre cada uno de ellos y apretó al mismo tiempo.

Un fuerte chasquido inició una serie de ruidos dentro de la cámara. Todos se giraron y vieron como encima del bloque, se creaba una abertura al desplazarse dos bloques contiguos.

- *¡Bien!* - Rebeca se giró satisfecha. - *Ahora vamos a salir de aquí. Ves Rocío, al final saldremos de esta, como siempre.*

- *Buff* - Rocío exhaló fuertemente el aire de su pulmones - *No veo el momento. ¡Vámonos!*

Indy retrocedió del borde del foso. Con un prolongado maullido, al que se sumó la manada que le acompañaba, despidió al hombre gris. Dio la vuelta y corrió hasta donde había dejado a su ama. Iba maullando sin parar y los gatos que le seguían, se iban desperdigando por túneles laterales.

Cuando llegó a la puerta derrumbada, vio que no podría pasar por entre los escombros. Maulló fuertemente y corrió por un pasillo lateral buscando una forma de entrar. Media hora después, unos maullidos alertaron a Indy. Éste alcanzó al gato que le llamaba y le miró a los ojos. El gato ante él, cabeceó y girándose, comenzó a correr hacia el interior del corredor. Indy le siguió.

Al final del corredor, una rampa ascendía al nivel superior. Allí se encontró con cuatro gatos más que al verlo se giraron y se metieron en una galería nueva. Al poco se paró y levantó sus triangulares orejas. Un murmullo se percibía a través de la pared. Se acercó a esta y maulló fuerte.

- *¿Oís ese maullido? Está cerca* - Los voces se mezclaban excitadas.

Indy volvió a maullar. Esta vez, se giró a los gatos y con unos maullidos cortos los dispersó en todas direcciones. Unos minutos más tarde, un gato grande, acanelado, se arrimó y se frotó con él. Después, se giró de nuevo y se alejó corriendo. Indy le siguió durante un buen rato hasta que tras una esquina, oyó voces, esta vez más claras.

- *¡Os digo que me ha parecido la voz de Indy!*

- *¡Lo único cierto es que era un gato!*

Cuando Indy giró la esquina y enfiló el pasillo, vio a los jóvenes discutiendo emocionados sin percatarse de su presencia.

- *¡Miaauuuhhh!*

- ¡Indy! - Gritaron todos a la vez - ¡Has vuelto!

- *Miaauuh* - Satisfecho, se arrimó a Rebeca y empezó a frotarse contra sus piernas.

- Y ahora gatuno mío, ¿Sabrás sacarnos de aquí?

- ¿Bufff! - Desdeñoso, se giró y con el lomo erguido y el rabo levantado, se puso a andar por el pasillo, seguido de los gatos que habían ido llegando y contemplaban la escena.

- Está claro. Este divo quiere que le sigamos. Hagámosle caso, no sea que nos quedemos aquí para siempre.

- No, por Dios - exclamaron todos y salieron detrás de la comitiva gatuna.

CAPÍTULO VEINTIUNO
El Cairo

Estaban sentados en la terraza del hotel tomando un café. Cuando llegaron de madrugada, lo primero que hicieron fue llamar al comisario Faisal y al sargento Muhamad. Los dos se asombraron de la peligrosa aventura que habían corrido y les riñeron por no contar con ellos e ir sin protección. Rebeca se disculpó alegando que no esperaban que el hombre gris tomase la iniciativa, ni que hubiera decidido acabar con ellos.

Les dijo como habían encontrado la cámara, y que habían traído consigo la estatua, pero tal y como les había dicho el hombre gris, era una imitación.

El comisario Faisal mandó efectivos a Saqqara y prohibió que el complejo se abriese a los turistas por la mañana. Tres horas más tarde, a primera hora de la mañana, les comunicó que habían encontrado un foso-trampa y dentro de él, el cadáver de un europeo. Lo habían llevado a la morgue pero no habían podido identificarlo todavía.

- *Y no creo que lo hagan* - Rebeca miró a los demás - *El hombre gris no estaba fichado y aunque crucen datos con la policías europeas y americana, apostaría que no encontraran nada.*

- *No apostaré contra eso* - María afirmó con la cabeza - *Ese hombre ha sido un enigma en vida y lo va a ser ahora muerto.*

- *Y demos gracias que no le estemos acompañando* - Samir terció en la conversación - *Nos hemos librado por los pelos. Esta aventura ha sido bastante más peligrosa que la que tuvimos tú y yo antes* - Miró a Indy que estaba sentado junto a su dueña - *Realmente gato divino, atraes el peligro.*

- *Rrrnnrrrnn* - Ronroneó satisfecho

- *Por cierto* - Rocío participó en la charla - *¿Has hablado ya con el director del museo de Berlín?.*

- *Le he llamado esta mañana* - Rebeca tomó un sorbo del humante reconstituyente y dejó la taza - *Tienen asumido que la pieza se ha perdido. Nos han rogado que, al menos les llevemos la que nos dejó el hombre gris. No se francamente que querrán hacer con ella.*

- *Bien* - María se levantó - *Me voy al centro de prensa del nuevo museo para informar sobre la inauguración de mañana. Y vosotros deberíais hacer lo mismo. Esta exposición debe ser un éxito.*

- *Sí. Se lo debemos a Bastet y a su fiero defensor aquí presente* - comentó Rebeca acariciando la cabeza de Indy

- *Además* - Con una sonrisa comenzó a alejarse del grupo hacia la parada de taxis - *Ya tengo el encabezamiento de mi artículo. ¡Bastet ha desaparecido!.*

EPÍLOGO
Qasr-Al-Aguz

Era noche cerrada. Abundantes nubarrones negruzcos presagiaban una fuerte tormenta. La luna, difícilmente podía hacer llegar sus rayos sobre la tierra creando una gran mar de sombras en las que predominaba el gris oscuro. Un viento del noreste acrecentaba la sensación de frío y levantaba remolinos de arena que dificultaban la visión y la limitaba a poco más de unos metros.

"La residencia de la anciana" estaba envuelta en un silencio sepulcral. Sólo la caseta junto a la verja proporcionaba un punto de luz, proveniente de la bombilla encendida en su interior. Los focos que, regularmente, rodeaban la casa, daban puntualmente un punto de claridad que acentuaba más si cabe, la negrura del entorno.

En el interior de la caseta, el vigilante observaba atento los monitores que le ofrecían información de las videocámaras que circundaban el perímetro. La noche no invitaba a realizar rondas y si podía evitarlo, no saldría del cubículo en toda la noche.

De pronto, el sonido de un leve chasquido llegó a sus oídos. Súbitamente alerta, su cabeza giró a la puerta y atendió a los sonidos del exterior. Aunque no notaba nada, cogió el viejo kalashnikov apoyado junto a la puerta, se pasó la cinta por la cabeza y salió.

Tardó unos segundos en acostumbrarse a la oscuridad reinante y no tuvo tiempo para más. Un fino cable de acero se cernió sobre su cuello y sintió como su vida escapaba cuando unas fuertes manos tensaban el cable hacia atrás. Exhalo un último suspiro y fue cayendo al suelo ya sin vida. Su asesino, cogiéndolo por las axilas, lo metió en la caseta y lo dejó recostado en la silla como si estuviera dormitando. Nadie desde fuera apreciaría la diferencia.

Se acercó a la consola y manipuló los interruptores. Estos, cambiaron a un rojo intenso. La alarma estaba desactivada. Buscando con la mano un pulsador que llevaba en la cintura, lo apretó y se alejó de la luz de la caseta buscando la sombra del armario. Sus hermanos tenían vía libre!

Al notar en la cadera la vibración, varias sombras se movieron al unísono confluyendo en la hacienda. El paisaje que apenas se vislumbraba con la oscuridad y el viento, parecía cambiar de forma cuando, estructuras que parecían formar parte del paisaje, se movían y cambiaban este por completo. Un grupo de palmeras situadas al norte del muro exterior, rodeadas por pequeñas peñas, se descomponía, y de debajo de unas mantas de camuflaje que simulaban rocas, emergían dos sujetos que, a toda velocidad, corrían hacía el muro de adobe.

Algunas dunas situadas en el desierto del oeste a un par de centenares de metros de la vivienda, desaparecieron como por ensalmo, y en su lugar, dos figuras vestidas de negro se deslizaban igualmente lo más rápido que podían hacia la pared frente a ellos.

El aspecto de los sicarios era estremecedor. Vestidos enteramente de negro, con un mono ajustado sobre el que flotaba una chilaba corta asimismo negra, les permitía difuminarse en las sombras y desparecer como si fueran sólo una ilusión. Cubierta su cabeza por un turbante negro, cubrían también su nariz y boca con un velo se seda del mismo color.

Taymullah, líder del grupo pulsó dos veces el botón de su cintura. Su nariz aguileña y unos ojos grises, con reflejos metálicos cuando la luna podía penetrar la barrera de nubes e incidía en ellos, eran capaces de inmovilizar a cualquier persona. Había pedido al jefe de la secta ser él quien comandara el grupo que iba a recuperar la venerada figura. Como premio por haber conseguido la información que los había acercado hasta su objetivo, éste había accedido.

Los cuatro hombres se detuvieron al pie de la pared. Pulsó dos veces seguidas y después una vez manteniendo el pulsador unos segundos y soltó el mismo. Uno de los dos sicarios que se habían acercado a la vivienda desde el desierto, se arrodilló junto al muro. Su hermano, impulsándose sobre la espalda con un pie, saltó y se colgó del borde del muro. Se elevó y cuando estuvo arriba, se tendió sobre este y bajó la mano para que su compañero la cogiese con un salto y se impulsase también hacia arriba. Una vez en lo alto, saltaron al interior y se fundieron en las sombras que proporcionaba una cabaña en cuyo interior vieron aperos y herramientas de jardinería.

Un par de minutos más tarde, unos pasos les informaban de la proximidad del vigilante que cubría ese sector del complejo. Al momento siguiente, el guardia apareció por la esquina de la vivienda y se encaminó a la pared para hacer su ronda perimetral. Al pasar junto a la cabaña, fue asaltado por los sicarios. Fría y silenciosamente terminaron con la vida del vigilante y lo escondieron tras unos matorrales junto al muro. El mayor de ellos, pulsó el botón tres veces y esperó.

Un tercer hombre patrullaba el lado oriental de la finca. Taymullah y su compañero, penetraron en ella de la misma forma que sus hermanos, y esperaron agazapados en las sombras que se extendían al pie del palmeral. Cuando el guardia pasó por delante de ellos, Taymullah sacó una daga de su cinturón y con un movimiento veloz, la lanzó clavándose en la espalda del vigilante, el cual se desplomó sin emitir un solo sonido.

Según la información que habían recabado del pueblo los dos días anteriores, el perímetro externo lo componían tres personas, los cuales se turnaban en ciclos de ocho horas. Sabía que el personal de seguridad descansaba en un edificio situado en el lado sureste del complejo, alejada tanto de la puerta de acceso como de la casa principal, porque Al-Saidi no quería tenerlos cerca al considerarlos inferiores.

Acercó la mano al pulsador de la cintura y oprimió el mando una sola vez manteniendo la presión. Al momento, cuatro sombras se desplazaron velozmente arrimándose a la pared de la casa. Lanzaron unos garfios que llevaban preparados y los anclaron al tejado. Trepando por las finas cuerdas, llegaron a la azotea y se dirigieron dos de ellos a una claraboya situada en un lateral y los otros dos, a la puerta que permitía bajar al interior de la vivienda. Silenciosamente manipularon y abrieron ambos cierres, y unos por la escalera y otros mediante sus cuerdas, entraron en la mansión.

Cuando se reunieron en el vestíbulo, se encaminaron hacia la hornacina situada a la izquierda. Las instrucciones del hombre gris había sido claras. Buscó bajo la peana tentando la piedra hasta encontrar un ínfimo resalte que presionó. Al hacerlo, sin un ruido, la hornacina se desplazó ofreciendo a la vista una oquedad. Abriéndola un poco más, se deslizaron al interior.

Al-Saidi estaba sentado en su butacón mirando con satisfacción la estatua que presidía la habitación. Con una taza de té en la mano recordaba la satisfacción que sintió cuando un mensaje apareció en el móvil:

- *Está hecho*

Por fin se había vengado de esos jóvenes molestos que habían tenido la osadía de venir a su propia casa a molestarle. Y además había implicado al hombre gris en un crimen con lo que tenía un motivo de presión sobre él si le hacía falta algún día. Tenía todo lo que quería y pensaba disfrutarlo.

Absorto como estaba, ni se apercibió de la entrada de los cuatro hombres que, como sombras añadidas por la tenue iluminación de la estancia, se distribuyeron por las paredes para rodearlo.

Taymullah dio un paso al frente y se encaró con él. Sobresaltado al percibir la presencia de una persona delante de el, Al-Saidi se levantó bruscamente del sillón:

- *¿Que hacen aquí?. ¿Quienes sois vosotros?*

- *Somos quienes venimos a juzgarte. Tú has robado la estatua de la divina y por ello has de pagar. Tu castigo servirá de ejemplo para que otros se lo piensen dos veces antes de volver a cometer el mismo pecado.*

- *¡Yo no he robado nada!. ¡Todo esto es mío!*

- *¡La estatua no te pertenece. Tú la has robado a mi pueblo y volverá a él, donde tiene que estar!*

Al-Saidi fue rápidamente a abrir el cajón de la mesa donde guardaba su pistola. Veloz como un rayo, Taymullah desenvainó la daga y la lanzó atravesando el dorso de la mano del árabe. Gritando dolorido, retrocedió hasta apoyarse en la pared. El asesino de Bastet continuó:

- *Tu muerte servirá de ejemplo a los demás.*

Sin que Al-Saidi lo notara, un sicario se había desplazado por la pared y se había situado a su lado. Con un rápido movimiento, colocó el alambre de acero sobre su cuello y empezó a apretar.

Al-Saidi, se debatió y luchó por su vida. Su más de cien kilos no le valían sin embargo para deshacerse de su enemigo. El asesino siguió apretando hasta que notó que la fuerza de su enemigo disminuía. El árabe se deslizó hasta el suelo arrodillado sin aliento ante Taymullah. Éste, lo miró a la cara fijamente.

- *Tu muerte servirá de escarmiento. Los ladrones sabrán lo que les pasará si se acercan a la Diosa.*

Acercándose a Al-Saidi, le cogió del pelo y lo irguió. Clavó su daga en el tórax y lo soltó bruscamente. Con los ojos abiertos por el terror, Al-Saidi murió comprendiendo el error que había cometido al querer apropiarse de la estatua de la diosa Bastet. Taymullah sacó del bolsillo un trozo de papel, lo desdobló y lo dejó sobre el cadáver.

Girándose, se encaminó hacia la estatuilla que parecía haber presenciado toda la escena. Con un cuidado reverente la cogió y la mostró a sus hermanos. Uno de ellos, la envolvió en un fino paño negro y la ató con dos cintas de seda introduciéndola en su mochila. El líder, mandó la señal convenida con el pulsador para que su hermano abandonase la caseta y se reuniese con ellos en el punto convenido. Volvió a sacar otro papel, esta vez, un trozo de fino papiro y lo apoyo sobre la peana. El grupo salió por donde habían entrado, cerrando la puerta y la claraboya de nuevo. Cuando se encontraron con su hermano en el punto acordado, se encaminaron al norte dando gracias a la Diosa, y ofreciendo plegarías en honor a su gloria.

Al día siguiente, los empleados de la casa llamaron a la policía alarmados porque nadie respondía al timbre ni se veía a nadie en la caseta.

El sargento Muhamad llegó y se acercó a la verja. Llamó al vigilante y al ver que nadie respondía, le dijo a su compañero

- *Salta y abre la puerta.*

El policía, ayudado por dos campesinos, saltó el muro y se aproximó a la caseta. Al ver el interior, se quedó parado

- *Entra y abre. ¿Que pasa?*

- *¡Hay un hombre muerto!*

- *¡Abre ya!* - el agente penetró en la habitación y pulsó el botón de apertura. El sargento entró rápidamente y se hizo cargo de la situación en un momento. El guardia yacía, desplomado, frío y con signos de rigidez. Una línea amoratada en su cuello sugería la causa de la muerte.

El sargento se dio la vuelta y se dirigió corriendo a la mansión. Intentó abrir la puerta pero estaba cerrada. Aporreo las jambas pero no respondió nadie. Un silencio ominoso flotaba en el ambiente.

- *¿Alguno de vosotros tiene una llave?*

- *No sargento. Hay una llave guardad en la casa de seguridad, en el armario.*

Con el intercomunicados, llamó al policía y le ordenó

- *Llama a la Comisaría y que manden refuerzos. Quiero un cordón a cincuenta metros de la casa. Deja un trabajador en la*

puerta para que nos avisen cuando lleguen los demás y tú, tráeme
las llaves que deben estar en un armario. ¡Rápido!

Mientras esperaba a su compañero, dio una vuelta alrededor de la mansión y así, descubrió dos cadáveres más, también fríos y con marcas de estrangulación en el cuello.

Con las llaves en la mano, el policía volvió a la puerta, la abrió y penetró en el interior. El silencio imperaba a su alrededor. Todo parecía estar en orden. No encontró a nadie en el registro de la mansión.

De vuelta en el vestíbulo, se fijó en que el busto de Nefertiti que se encontraba en la hornacina estaba ladeado. Cuando estuvo en la vivienda la última vez, este se encontraba colocado frente a la puerta. Se aproximó al vano y, observando el busto y tocando cuidadosamente todo su perímetro, notó en las yemas de los dedos una irregularidad en la piedra. con fuerza, hizo presión y un chasquido le indicó que algo acababa de ocurrir. La hornacina se había desplazado ligeramente ofreciendo un hueco donde aparentemente no había sino pared maciza.

Penetró por el hueco y se encontró en un salón, bellamente amueblado y poblado de obras de arte del imperio egipcio. Una taza de té y un periódico en el suelo, junto a una butaca, eran los únicos signos de desorden. A la izquierda, asomaban los pies de alguien. Se acercó y miró el cuerpo.

Al-Saidi tenía los ojos desorbitados, inyectados en sangre, Una línea amoratada en el cuello confirmaba que la causa de la muerte era la misma que la del guardia de la caseta. Por si esto no fuera bastante, una daga sobresalía de su pecho. Junto a ella, un trozo de papel llamaba la atención. Al cogerlo, vio que en su interior sólo había un jeroglífico.

Mirando a su alrededor, observó que, sobre la peana, había otro trozo de papel. Se acercó y lo cogió. Era una hoja de fino papiro, en la que unos jeroglíficos de extraordinaria belleza componían un texto antiguo y terrible. Al leerlo, comprendió que lo sucedido iba más allá del alcance de la policía, tanto la egipcia como la Interpol. Llamaría al Comisario Faisal y le pondría al tanto. En el papiro aparecía escrita una antigua maldición

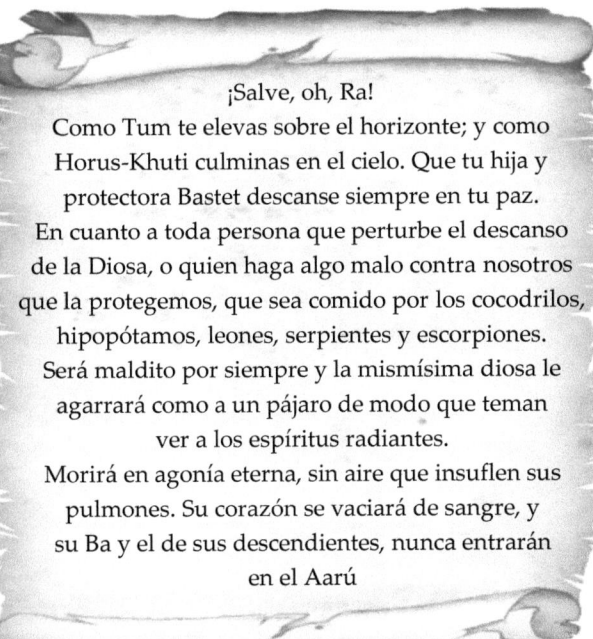

¡Salve, oh, Ra!
Como Tum te elevas sobre el horizonte; y como Horus-Khuti culminas en el cielo. Que tu hija y protectora Bastet descanse siempre en tu paz.
En cuanto a toda persona que perturbe el descanso de la Diosa, o quien haga algo malo contra nosotros que la protegemos, que sea comido por los cocodrilos, hipopótamos, leones, serpientes y escorpiones.
Será maldito por siempre y la mismísima diosa le agarrará como a un pájaro de modo que teman ver a los espíritus radiantes.
Morirá en agonía eterna, sin aire que insuflen sus pulmones. Su corazón se vaciará de sangre, y su Ba y el de sus descendientes, nunca entrarán en el Aarú

El sargento Muhamad pensaba mientras cabeceaba dudoso - *Este robo estaba predestinado a acabar mal.* Dejó el papiro sobre la peana, y se retiró al exterior a esperar a sus compañeros

SINOPSIS

Hace miles de años, una pequeña aldea del delta del Nilo adoraba una estatua de la diosa Bastet. Cuando la estatua desaparece, sus acólitos crean la secta de los asesinos de Bastet. La figura aparece y vuelve a desaparecer a través de los siglos.

En la actualidad, con motivo de una gran exposición arqueológica que se va a celebrar en El Cairo, Rebeca, Indy y sus amigos, se ven envueltos en una peligrosa aventura cuando tiene lugar el robo de una pieza en el museo de Berlín, cometido por un enigmático y siniestro personaje al que llaman el hombre gris.

¿Podrán Rebeca y sus amigos recuperar la estatua de la diosa y sortear las maldiciones del antiguo Egipto y los peligros que sus enemigos les preparan?